「もう酔ったのか？」

「いえ。でも、これ以上だと本当に酔います」（本文より）

BBN
B•BOY
NOVELS

ひそやかな情熱

遠野春日

イラスト／円陣闇丸

この物語はフィクションであり、実際の人物・団体・事件等とは、いっさい関係ありません。

CONTENTS

ひそやかな情熱

遥《はるか》の目に一番に飛び込んできたのは、蹲踞《つくばい》に俯《うつぶ》せに押さえ込まれている細い青年の、蒼白くぐったりとした顔だった。

最初から目的はひとつだった。

黒澤《くろさわ》遥は香西組《こうざいぐみ》組長の自宅に来ていた。

「そろそろ庭に出てみようじゃないか、遥」

広域指定暴力団として東日本一の規模を持つ川口組《かわぐちぐみ》若頭、東原辰雄《ひがしはらたつお》に促され、遥は頷《うなず》いていた。

遥と東原とは三年ほど前からの知り合いだ。東原に付き合って今日初めて訪問したこの大邸宅は、川口組の直参の一つ、香西組組長の本宅である。組長香西誠美《こうざいまさみ》にとって東原は本家筋のナンバー2ということになる。

東原は勝手知ったる無遠慮さで遥を案内していく。当主の意向などおかまいなしだ。

遥たちは続きの居間から濡れ縁に出てそのまま飛び石伝いに庭に下りた。

通された応接室からの眺めも素晴らしかったが、実際に歩いてみると静かな空間に心が落ち着き、清々しい気持ちになってくる。凜《りん》と冷えた空気を肌に受けつつ、奥へ奥へと入り込む。午前中ちらほらと舞っていた雪の名残《なごり》に濡れた石や砂川砂利《じゃり》のしっとりした色合いが美しい。

「向こうに茶室があるはずだ」

「今日はちょっと茶の湯を楽しむような雰囲気じゃないですがな」

二人の後ろからついてきている主の香西が、いかにも気の進まないといった面持ちで東原の言葉を受けて言う。相手が自分より格上だから強く言えないでいるが、本音は奥庭の様子を見せたくないのがありありとわかる。

居間から鑑賞できた景色が主庭だろうが、植え込みの中の金閣寺垣《きんかくじがき》より向こう側は奥庭になるようだった。

緑の色合いが濃くなったような気がする。

同時にそれにまったく相応《ふさわ》しくない尖った人の声と、なにかがヒュンと空気を切る鋭い音、それに続いて、バシッ、バシッという連打の音が聞こえてくる。

ある程度予想はしていても、遥はやはりちょっと形のいい眉を寄せた。

暴力には日頃あまり縁がない。

茶室が別棟でひっそりと建てられているこの奥まった緑深い庭は、普段ならばさぞや静謐《せいひつ》な空気が流れているのだろうと思われる。

しかしそれも、今日ばかりは血生臭い光景に取って代わられていた。

「ほら、まだ寝るのは早いって言ってんだよっ！」

ドスを利《き》かせた憎々しそうな罵声と共に、バシャバシャと派手な水音がする。

ほっそりと痩せた青年を三人の男が取り囲んでいる。

青年は、前に屈み込んだ大男の太い腕でちょうど水鉢の中から頭を引き揚げられた直後だったようで、色のない唇を開いて苦しそうに喘いでいる。

その場に居合わせたのはその大男と、青年の背後で太い荒縄を握った坊主頭の男、そして遥たちに背を向ける形で蹲踞の前に立っているスーツ姿の男、この三人だった。スーツを着ている男は他の二人とは明らかに格の違う貫禄《かんろく》がある。

「おい、二之宮《にのみや》」

香西がドスの利いた声でスーツの男を呼んだ。

「親父さん」

二之宮は突然庭に現れた遥たちに不意打ちを食らわされたようだったが、東原の姿を認めるとサッと緊張した。

「あ、これは……。本家の若もご一緒でしたか」

「ちょっと寄らせてもらっただけだ」

無用な気遣いはいらない、とばかりに東原は首を振ってみせる。

「どうだ、佳人《よしと》のやつは。少しは反省した様子はあるか」

香西が大男を退かせ、石臼《いしうす》の水鉢に頭を凭《もた》れさせて伏している青年の横に屈み込む。ぐっしょりと濡れた髪が青年の頬や額に張りついている。意識が薄れそうになっているのか、ほとんど動かない。香西は無骨な太い指で乱れて張りつく髪を白皙《はくせき》の顔面から払いのけ、軽く頬を叩いて意識を明瞭にさせた。

佳人という青年の顔がはっきりと見えた瞬間、遥はぐっと拳《こぶし》を握りしめ、しばらく目が離せなくなっていた。

瞬間的に、似ている、と思ったのだ。

遥は彼を見て、普段は記憶の中に仕舞い込んでいる顔を想起した。めったに思い出さない顔だけに、自分でも驚くくらい動揺する。

ここに来る前から聞いてはいたが、確かに佳人は目を瞠《みは》るほどの美貌の持ち主だった。さすがは香西が囲い者にしている男というだけある。

香西は佳人を十年も傍《そば》に置いているそうだが、なるほど何年経っても飽きないというのも道理だという気がする。

彼は単に容貌が綺麗《きれい》というだけではなく、目がよかった。生きている。青ざめ果てて、気絶寸前のところをなおも水で責められているが、瞳だけは断固として屈していない。

少し立ち位置をずらすと、無惨《むざん》な状態になった佳人の背中が見て取れる。それには遥も顔を顰《しか》めないではいられなかった。元は真っ白だったはずの綿ブロードシャツは背中で真っ二つに切り裂かれ、夥《おびただ》しい血のシミが飛び散っている。背後に仁王立ちになっている坊主頭に、太く縒《よ》り直した荒縄で何十回となく打たれたのだ。縄自体も血を吸って不気味に赤く染まっている。これまでにも何人もの体を折檻《せっかん》してきた道具なのであろう。

「佳人。どれだけ強情張ってみせる気だ、ああ？　背中に火がついたような痛みだろうが。これでも田中《たなか》は手加減してるんだぞ。だがこれ以上続けるなら、残る傷を作らずにはすませられなくなる。儂《わし》はな、おまえの背中に一生残る傷なんぞつけさせたくないんだ」

香西は佳人の細い顎《あご》を摑み上げて、じっくりと言い聞かせるような口調になる。

水鉢から頭を擡《もた》げさせられた佳人は苦しそうに眉を寄せて目を瞑《つむ》り、背中の痛みに耐える表情をする。両腕を体の前で縛り上げられているので、体を支えられないのだ。スリムジーンズを身につけたままの長い脚は、すでに痺れて感覚をなくしているらしい。最初は膝立ちさせられていたのだろうが、もうそれに耐えられるだけの力が残っているはずもなかった。

遥はちらりと横目で東原の顔を見た。

本来は東原こそが佳人を見たいと言っていたはずだが、いざとなれば何を考えているのか察することのできない無表情ぶりだった。特に佳人に興味があるようでもない。今も水鉢の向こうにある光悦寺《こうえつじ》形灯籠《とうろう》などに視線を当ててそっぽを向いている。

もしかすると東原は遥のために気まぐれを起こしたのかもしれない。

遥は漠然《ばくぜん》とそんなことを考えた。

あのとき遥がちらりとでも佳人に関心を持った態度をとったので、わざわざここまで案内したのではないか。

東原は以前から遥の孤独ぶりを、それとなく気にかけてくれている。

遥が他人に積極的な興味を示すことなどめったにない。珍しい素振りを見せたものだから、ひとつ佳人と会わせてやろうと思った可能性はある。東原がここに来たのは、遥の反応を知りたかったからだけのような気がしてくる。

「もう二度と儂に逆らわないと誓え」

香西は厳しい声で佳人に詰め寄っていた。

「そうすれば元通りにかわいがってやる。盃《さかずき》の儀式も盛大にしてやろう」

佳人は唇を噛んだままで返事をしない。

香西が苛立った顔になる。

すると背後の坊主頭がカッと頭に血を上らせたようにして、

「親父さんにさっさと返事をしねぇかっ！」

と怒鳴り、背後から佳人の腰に蹴りを入れた。

佳人が呻《うめ》いたのと、二之宮が「よさねぇか！」と田中を制したのとが同時になる。

田中はぶつぶつと何事か呟き、対面にいた大男に腕を取られるようにして、蹲踞周りから少し離れた位置に引き下がる。

「おまえはなんのためにそんな強情を張るんだ？　あの小娘の居場所なんぞ、こっちはおまえから聞き出さなくてもたいして苦もなく探し出せるんだぞ」

「……知っています」

美青年が初めて口を利いた。

これだけ痛めつけられているのに、気丈な返事である。

「だからです。だから、お願いですから、おれと引き替えに……あの子を見逃してやってください」

佳人は真剣な目をして熱心に香西に訴える。そうすればするほど香西が機嫌を損ねていき、そのために自分がさらに酷い目に遭うのがわからないのだろうか、と疑わずにはいられない。そのくらい佳人はろくに知りもしないはずの少女のために捨て身になっている。

こうして厳しく折檻されている理由もまた遥の興味をそそった原因だった。自分の身より他人を案じ、こともあろうにヤクザの親分に逆らったという男を見たいと思ったのだ。

遥はこの男の肝《きも》の据《す》わり方につくづく感嘆していた。

同時に、さっきは一目見た瞬間に、似ている、と感じた佳人の容貌が、遥の知っている人間のそれとは似ても似つかないものとして認識し直される。

少なくとも、佳人と遥の記憶の中にいる男とは、顔立ちの持つ印象は似ていても、気概《きがい》や性格はまるで違っていた。あの男はどうしようもない怠け者のろくでなしだった。そのうえ天にも地にもたった一人の肉親だった遥を置いて、崖からバイクごと飛び出してしまったのだ。もう十二年も前のことだ。

二之宮も田中もあと一人いる大男も、息を殺して成り行きを見守っている。

遥の心臓もいつもより鼓動を速めている。

平然としているのは、おそらく東原だけだろう。

「あの子はまだ十六です。親の負債にどんな責任もない。このまま許してやってください。代わりにおれがどこにでも行きます」

「どこにでも行くだと？」

香西の声が一気に険を帯びる。

「おまえは今年で二十七にもなるんだぞ。どこの物好きがおまえなど相手にするか。おのれの美貌に自惚《うぬぼ》れるな、ばかめが」

香西はいきなり佳人の顎を支えていた指を離して立ち上がると、そのまま踵《きびす》を返した。

「親父さん」

「二之宮、もういい。こいつはあれほどよくしてやった恩を、少しも恩と感じておらん。儂の見込み違いだ」

「どうなさるんで？」

「門の外に身一つで叩き出せ」

いったん言葉を句切り、香西は至極《しごく》冷酷に付け足した。

「両脚の骨を折ってからな」

遥は思わず東原の横顔を見てしまう。

東原は顔の肉を一筋たりとも動かさなかった。それどころか、遥の視線を感じていながら振り向こうとする気配もない。

自分の行動を東原に試されているような気がした。無意識に強く唇を噛んでしまう。

遥は香西と肩が触れるほどの距離ですれ違いかけたとき、

「待ってください」

と断固たる声音で言っていた。

□□□

事の始まりは、東原に誘われて香西組の本部事務所を訪れたことだった。

三月はじめだというのに、朝方からずっと小雪がちらついていた。

「今年は本当に変な天気ですなぁ、若」

三十坪はあろうかという重厚な木目調の洋間から窓の外を見やって、香西が東原に言う。東原はああ、と横柄《おうへい》に返事をした。東原は三代目川口組若頭、つまり現在本家のナンバー2という地位にいる男で、香西に謙《へりくだ》る必要もない。

関東最大規模を誇る川口組系列には六十を越える大小の組があり、その全構成員数は一万人を上回る。そこにおいて弱冠三十八の東原が総領子分なのだ。いくら香西組組長が東原より一回り近く年上でも、力関係は歴然としている。香西は東原にはもちろん、連れの遥にも丁重な態度で接していた。

川口組若頭の連れとはいえ、遥自身はどの組織とも盃をかわしてはいない。つまり堅気《かたぎ》の人間である。

遥と東原の縁は、三年前とある政治家に引き合わされたところから始まっている。

当時二十九の青年実業家だった遥のことを、東原はどういうわけか非常に気に入ってくれたようだ。その後もちょくちょく一緒にゴルフをしたり海外旅行に行ったりして、親交を深めていった。

そうするうちにどんどんお互いへの信頼が強まっていき、今ではほとんど兄弟分同様の親密な付き合いをしている。そのため警察関係からは企業舎弟と思われてマークされているようだ。実際、もし東原がいくらか用立ててくれと言ってくれれば、遥はただちに応じるつもりがあるので、それも当たらずとも遠からずだった。

香西組の本部事務所は近代的なオフィスビルの外観をした四階建てのビルである。フロントヤードは大型車が十台は駐められる駐車場で、玄関を入ると二階まで吹き抜けのホールになっており、二階は準幹部の部屋、三階が幹部の個室と、今遥たちが座っている組長の部屋、四階には百七十畳敷きの大広間と組員教育に使用する講義室があるらしい。一階には当番組員が十数名常駐して鋭い視線を光らせていた。香西組の力を十二分に誇示している建物だ。

外の寒さとは無縁の室内は完全に空調が整えられている。

大きな革張りの椅子で悠然と足を組んでいた東原は、香西の言葉に頷いてちらりと窓ガラス越しに外を見やった。

「まさしく寒《かん》の戻りという感じだな。今年は桜の開花はどうなんだろうな?」

東原は隣に座る遥に、問うような視線を流して話を振ってくる。

「例年より少し遅れると言っていたみたいですよ」

つい先日ニュースで開花予想が報じられていたことを思い出しながら、遥は落ち着き払った口調で答えた。

斜《はす》向かいには川口組系列でも大手に数えられる香西組組長、真横には東原という重鎮《じゅうちん》に囲まれていても、少しも臆さない。どうもこのあたりの肝の据わり方が東原の眼鏡にかなったようだ。

東原は遥にはっきりと「おまえの男気に惚れた」と言ってくれたことがある。そう言ったときは実に満足そうだった。香西が遥にも一目置いて折り目正しく接してくれるのも、遥の不敵さになにか特別なものを感じ取るからかもしれない。

「おまえさんの自宅には確か桜の木が一本植えてあったと思ったが」

「ソメイヨシノです。毎年なかなか見事な花を咲かせますよ。お二方とも今度ぜひ拙宅《せったく》に見にいらしてください」

「ソメイヨシノを庭に。それはそれは」

香西がほほう、という顔をした。

香西の頭は頭頂部まで髪が後退しており、額が広く出ている。肉付きのいい顔には大層な貫禄があり、かつ理知的でもあり、教養の高さを匂わせていた。書棚にぎっしりと詰まっている書籍には「経済学教科書」「資本論」などのマルクスの著書や「レーニン全集」などが見いだせる。かなりの読書家のようだ。その上、風流を解する雅《みやび》な心にも恵まれているらしい。

「自宅で花見とは、そりゃあ羨《うらや》ましい。ぜひ儂も寄せていただきたいですな、黒澤さん」

「こいつの自宅もなかなか堂に入ってるぞ。庭もすごいが建物がまたいい。親父さんの本邸にも決して引けを取らないいんじゃないか。三百七十坪の土地に九十五坪ほどの木造二階建てを建ててやがる。三十そこそこであれを建てたおまえさんの力にはほとほと感服する。親父さん、こいつは俺が惚れてもおかしくない男なんだ」

東原は目を細めて遥を見やりながらそんなふうに言う。

東原にとって香西は正確には叔父貴と言うべき立場のはずだが、東原は親しみを込めて親父さんと呼ぶ。

彼が言葉だけでなく本気で遥にある種の男惚れを感じてくれているのは確かだった。しかし東原は一度も遥を極道の道に誘わない。盃をもらえと口にしたことなどないのだ。おまえは堅気の世界で生きろ、俺は俺の世界で生きる、それが東原の口癖だった。

堂々とした体軀《たいく》を一流のスーツで包み、肩で風を切って歩く東原のかっこよさには遥も憧憬《どうけい》の気持ちを掻きたてられる。昨今はもっぱら代紋のブランドに惹かれて組入りを希望する若者ばかりで、親分の器量に惚れてというのは少なくなったというが、それでも東原に惚れて子分になりたがる若い衆は跡を絶たないらしい。よくわかる気がした。

「しかし若と黒澤さんは本当に兄弟のように仲睦まじい付き合いをされておいでのようですな。なんだか羨ましくなってくる。本日ここで顔合わせしたご縁、大事にさせてもらいますよ。桜もいいが春の海もいいもんだ。儂は黒澤さんをぜひクルージングにご招待させてもらいましょう」

「クルーザーをお持ちなんですか」

「親父さんのキャビンクルーザーはでかいよな」

東原が補足する。

「五十フィート、十九トンだったか。二十フィートのパワーボートも持っていて、それで僅かな余暇を見つけてはクルージングを楽しんでいるんだぜ、遥」

「羨ましい限りです」

「いや、いや。もっとも最近はなかなか乗る機会も減っちまいましたがね」

「ああ」

東原は眉を跳ね上げて、面白そうな顔つきになった。

「そりゃあコレのせいだろうが」

コレ、と東原は小指を立ててみせる。

「親父さんの精力的なことには俺も感心する。遥、親父さんが一体今何人のオンナを囲っているか当てられるか？　俺の知っているだけでも八人だぞ。もっとも本当にお気に入りなのは、そのうちの二、三人のようだがな」

「まいりましたな」

組長は豪快に笑いだす。笑うと顎が二重になったが、脂《あぶら》ぎったいやらしさは感じられない。泥《どろ》染《ぞ》めの大島《おおしま》をきっちりと着こなしているせいかもしれなかった。

「ですがね、若、オンナはいいもんだ。若もそろそろ嫁取りのことを真剣に考えたほうがいい。いや嫁さんはまだいいとしても、愛人の一人や二人は持っておくべきだ。本家の親父さんも案じておられますぞ」

「そうだな」

口では肯定しながらも、実際は少しもその気になっていないのが声に出ている。遥の知る限りにおいても、東原は女にあまり興味がないようだった。

「女には今のところ芯から惚れたと感じるのがいないが、もしこの遥みたいなやつがいれば、会ったその日にでも正妻に迎える心づもりがあるんだが」

東原はまんざら冗談でもなさそうに言う。

そして、ふと思い出したような感じで続けた。

「そういやぁ親父さん、あの綺麗な男はまだ囲っているのか？　なんだっけ、久保《くぼ》か。もうかれこれ十年近くにはならねぇか。昔は息を呑むような美人だったが、もうあれも二十七とかそんな歳だろ。愛《め》でるにはそろそろトウがたってきたんじゃゃないのか」

「佳人でしょ。実はアレが今ちょっとやっかいな訳ありでしてな」

香西はたちまち渋面を作り、忌々《いまいま》しそうな顔つきになった。

「へぇどうした。なにかやらかしたのか？　今の今まで子鹿みたいにおとなしくいいなりになってておきながら、十年目の反乱か。そりゃあ面白い。もう今さらなにさせられたって同じってくらい親父さんにかわいがられてたみたいだが、とうとう大事なイチモツを噛んで反抗でもしたか？」

東原のほうは完璧に面白がっている。人の悪い笑みを浮かべながら、とても楽しそうだ。

どうやら香西が囲っている愛人たちの中には男も交じっているらしい。

遥は二人の会話を静観することにした。

香西も若い頃は刑務所と娑婆《しゃば》とを何度も行き来して、通算で七年ほど「お務《つと》め」をしているという話だったから、男とするのも女とするのとたいして変わらないのだろう。一度男の味を覚えると病みつきになるとも聞く。

「そんなかわいいことなら、儂もまだ許したんですがね」

「なぁ親父さん、もったいぶらなくてもいいじゃねぇか。そろそろ十年にもなろうかという古女房ならぬ古参《こさん》の愛人が、今になってどんな楯突き方をしたんだって？」

「まったく、恩を仇《あだ》で返すとはああいうことを言うんでしょうな」

香西はとうとう吐き捨てるように言う。当然腹は立てているのだろうが、それよりもむしろ面倒を起こされて忌々しいという気持ちが強く出ている。

「一週間前にうちの若い衆が、ある倒産した会社の社長の娘を連れてきてたんですがね、こともあろうに昨日その娘を逃がしおったんですよ。それの親は億の借金を抱えてたんだ。こっちは高校生の小娘一人じゃ割に合わなかったんだが、それしかないってんだから仕方ない。ソープで稼がせるか闇で競りにかけるか、なにしろろくな器量の娘じゃなかったんで、しばらく儂のとこに預かってぼちぼち身の振り方を考えるつもりでいたら、まぁこのざまですよ」

「ほお」

東原が目を細める。

「逃がしたって、どうやって？　もちろん誰か見張りに付いていたんだろう？」

「見張りは交替で付いていたんだが、ちょうどその時は、まだ見習い修行中の若いのでしてな。たぶんそれも計算尽くだったんだろうが、そいつをまんまと当て身で気絶させて娘の代わりに部屋に閉じ込めておき、娘はベンツのトランクに隠れさせとったわけですよ。儂もすっかり佳人に気を許していて、日頃から好きに行動させていたもんで、幹部連中から部屋住みの見習いまであいつに甘くなってたようだ。あとで聞けば食事の盆を運んだりして娘と接触していたというんだから、それを見過ごしていた連中も連中だ。おまけに珍しくあいつが、買い物に行きたいから車を出してくれ、今日はベンツがいいと言いだしても、誰もなにも疑わなかったときている。役立たずのボンクラどもですよ。ヤキ入れてやりましたけどね」

「そいつは愉快だな。あいつそんなタマだったのか。俺は親父さんの本邸に寄ったときに何度か見かけたことがある程度だからな、まるっきりわからなかったぜ。どうりで親父さんが十年も飽きねぇわけだ。ただの性処理人形ならそこまで入れ込むはずないもんなぁ」

「だがもうこうなっちゃあね」

香西は冷たく言うのだが、端《はた》で聞いているだけの遥にさえ、香西がまだまだその男に未練を持っているのが察せられた。

まだ久保佳人という男の愛人を切り捨てたくなくて、しかし立場上それでは下の者に示しがつかないから今までどおりに遇《ぐう》するわけにもいかず、それで香西は苛立って怒っているらしい。

「まったく余計なことをしやがって。アレがここに来た経緯とあの娘の境遇が似ていたもんだから、それでこんなばかなことをしちまったんだろうが、いくら儂のオンナでも、商品を勝手に逃がされたんじゃあ見て見ぬ振りもできん。そうでしょう、若」

「当然だな」

東原は顔色一つ変えず冷酷な返事をする。

こんなとき、遥は東原に流れている確かな筋者《すじもの》の血を感じずにはいられない。しかしだからといって東原を嫌悪するとか恐れる気持ちはなかった。これが彼らの世界なのだ。東原がここで生きていく覚悟をつけているからには、それに対して堅気の理屈を振りかざしても仕方がない。たぶん遥がそれをわきまえている男だから、東原も腹を割った付き合いをしてくれるし、こういう場所にも連れてくるのだ。

「綺麗なだけの人形じゃなかった心意気は認めるが、それとこれとは別だからな。それにしてもご苦労なこった。女子高生ごときに俺らから逃げるだけの知恵と力があると思ったとは、お笑いもいいところだ。親父さんはやつに甘く見られたんだぜ。俺たちがちょっと本気になれば、逃げたオンナなんかたちどころにとっ捕まえてくるのにな」

「きっと娘に泣いて縋《すが》られたんだろうが……。あいつはそういうのに弱いですからな」

遥にも状況が想像できる気がした。

きっと、十年前の自分を思い出させる少女をなんとか救ってやりたくて取った、捨て身の行動なのだ。香西の入れ込みようからも、今まで何不自由なくかわいがられてきた男なのだとわかる。このままおとなしくしていれば、いずれは香西の気持ち一つで側近になれたかもしれないし、もしくは堅気の世界に戻してもらえたかもしれないのに、それを全部フイにしても、どうにかせずにはいられなかったに違いない。

彼自身はある程度幸運だった。男とはいえ香西に非常に気に入られ、親分の愛人待遇になったのだ。どこの変態クラブに売られる運命だったかもしれなかったことを思えば、これ以上に恵まれた立場は考えられないだろう。

しかしその不器量な少女にはとてもそんな幸運は望めそうもなかった。

彼女にどんな過酷な将来が待っているのかと考えたら、彼はそのまま黙って知らぬ顔をしていられなくなったのだ。

どんな男なのだろう。

遥はその男が一目見たくてたまらなくなってきた。

「勉強好きの男だからってんで大学の院まで出してやって、ここ三年ばかしはうちの若い衆に経済学や語学の講師までさせて、おまけに組の経理の帳簿もある程度任せていたってのに」

「そうだよな。親父さんはいずれやつに盃を取らせようとしてたもんな」

「だが、若はずっと反対されてましたよね」

「フフン……どうだ。俺はなぁ、身内にしていいやつと堅気でいさせたほうがいいやつの区別には、ちょっとばかし鼻が利くんだよ」

東原はチラリと遥に視線を向けた。

「遥」

遥は唐突に呼びかけられ、ちょっと慌てた。

少し顔の向きを変えた途端《とたん》に東原と目が合う。

東原の猛禽類《もうきん》を思わせる鋭い瞳は、遥の心を見抜こうとするかのように光っている。

「おまえも興味があるなら親父さんの家までそいつを拝みに行くか？　俺は久しぶりにあの綺麗な顔が見てみたくなった。嫌なら無理にとは言わんが、どうだ」

「かまいませんよ」

内心の動揺を顔には微塵《みじん》も表さず、遥はそっけなく答える。

「どうせ今日は辰雄さんにとことん付き合うつもりで、ずっと体空けてますんでね」

「おまえさんならそう答えると踏んでたよ」

東原はまるで遥の気持ちを見透かすようなことを言う。

たまに遥は、東原は人の心を読むことができるのではないかと思うときがある。そのくらい核心を突いた発言をしてくることがあるのだ。

しかし香西のほうは、躊躇《ためら》いを捨てきれないような、渋い顔つきをしている。自分の意向をまるで無視されているのだから無理もない。

「でもね、若……」

「いいじゃねぇか。こいつは俺の親友だ」

「それはもちろん承知してますがね」

「第一、親父さんもそろそろ大事なオンナの様子を見に行かねぇとまずくないか？　若いのはときどき半殺しの加減が摑めてなくて、取り返しのつかないようにしちまうからな」

「なに、こっちでヤキ入れた若い衆には、佳人に指一本触れさせるなと厳命してありますよ。佳人のことは幹部の二之宮ってのが仕切ってるから、そんな心配はありゃしません」

それでも香西は軽く溜息をついて革張りの椅子から重い腰を上げる。

東原が言いだしたら結局は従わざるを得ないのだ。

香西は重厚なデスクの方に歩いていき、そこに取り付けられているインターホンを押して階下の子分を呼び出すと、すぐに車の準備をするように命じた。

香西の本宅までは二十分ほどだった。

さっき東原は遥の自宅を褒めていたが、香西組組長宅に比べるにはまだ充分ではない。道路から数メートルも後退させた閉鎖的な門からして、すでに格式が違っている。一文字《いちもんじ》瓦《かわら》葺《ぶ》きの門屋根の美しさに、遥は目を細めた。

三人を乗せた車は門をそのまま くぐり抜けて邸内に乗り込んでいく。

敷地面積はざっと見渡しても五百五十坪はあり、広々とした庭の中央に百坪ほどの豪邸が建っている。三つの寄せ棟屋根が美しい外観の香西邸は、中央がパブリック空間、右が二階建ての主棟で、左が離れになっているらしい。

お帰りなさいませ、と丁重にお辞儀して出迎える舎弟たちの間には、ピリピリとした緊張感が窺《うかが》える。彼らからすれば雲上人《うんじょうびと》であるはずの東原の急な訪れもさることながら、昨夜の脱走事件の余波がまだ色濃く残っているのだ。

香西は出迎えの男たちには一瞥もくれず、東原と遥を案内してどんどん奥に歩いていく。

そこにいるうちでは一番格上と思《おぼ》しき男が一人、後についてきた。

「二之宮はどこだ」

静かだが迫力のある声で香西が聞くと、男は畏《かしこ》まりながら、

「奥庭です」

と即答した。

「佳人は娘の居所を吐いたか？」

「いいえ。知らないの一点張りのようです」

フン、と香西が鼻を鳴らす。

「どうやら自分のしたことがどんなことなのか、まだわかってないようだな。ばかなやつめ」

舎弟が素早い身のこなしで、廊下の脇を通って最後尾から進み出る。そして親分よりも先に左手にあるドアを開いた。

二十畳分ほどの明るい客間だった。黒い革張りの大きなソファセットが据えてある。正面の掃き出し窓の向こうには、見事な日本庭園の風景が広がっている。

「すぐにお茶をお持ちします」

舎弟はそう言って一礼し、引き下がっていく。

「どうぞ、若、お掛けになってください。黒澤さんも、どうぞそちらへ」

香西に勧められ、遥は東原に倣《なら》ってソファに深く腰掛けた。

さきほどの組本部でもそうだったが、東原はここでも自宅同様にくつろいでいる。

遥は乳白色の美しい大理石でできたテーブルの中央にのせられたクリスタルの灰皿を見て、なんの脈絡もないことだが、香西も東原も喫煙する習慣がないんだな、などと思っていた。ヤクザといえば酒にタバコに女に博打《ばくち》と、とにかく乱れまくった印象があるものだが、幹部の暮らしぶりは意外に規則正しく、健康にも留意している者が多い。ジョギングが趣味の組長もいると聞いたことさえある。

しばらくするとお茶が運ばれてきた。一口含むと、まろやかな玉露《ぎょくろ》の香気と甘味が舌の上で転がる。いいお茶だ。

東原は高級なお茶をその辺の玄米茶かなにかのように無造作に飲み干してしまい、いきなり立ち上がった。

「そろそろ庭に出てみようじゃないか、遥」

そして遥は佳人と出会ったのだ。

□□□

遥に呼び止められて、香西が振り返る。

「黒澤さん、口出しは無用ですぞ。ここはあなたの属している世界とはルールが違うんだ」

「それは重々承知の上でお引き留めします」

「ほお」

香西は驚いたとも呆《あき》れたとも取れるように応じてから、やはり窺うように東原の方を見る。遥は東原の連れなのだから、ここで東原が仲裁するのが道理と思ったのだろう。だがやはり東原は動かない。

「捨てるとおっしゃるのならちょうどいい、俺に引き取らせちゃいただけませんか」

「なんですと？」

聞き間違いだろうとばかりに香西は気色《けしき》ばむ。

遥は気圧《けお》されることなく淡々とした調子で続ける。

「ちょうど炊き出しや家事を手伝わせられる者を探していたところでした。俺があの不届き者をお引き受けしますよ」

「勝手なことをおっしゃられちゃ困りますな。第一……」

「身請け料として一本お支払いさせていただきます」

ここまでくれば遥にも一歩も退く気はない。

「それとも一本では足りませんか」

一億払うと断言する遥に、香西はどう返事をするか迷って、間を作る。

緊迫した空気が漂う。

そこでようやく、それまで素知らぬ顔を決め込んでいた東原が口を開き、沈黙を破る役を買って出た。

「いいじゃねぇか、親父さん」

遥も香西もほぼ同時に東原を振り返る。

東原は唇の端を軽く吊り上げると、佳人がいる方向に顎をしゃくってみせる。

いつの間にか佳人は気を失っていたらしく、水鉢の平らな縁に頬を預け、死んだようにぐったりと伏していた。顔も唇も血の気がなく、ジーンズの先から剝《む》き出しになった裸足をよく見れば、爪が紫色になっている。今はやんでいるが、少し前までは雪がちらついていたのだ。ここで何時間折檻されていたのか知らないが、もうとうに限界だったのだろう。

冷えきった細い体がひどく痛々しく感じられる。

それは遥ばかりでなく、一瞬息を吞んでから不覚そうに唇を嚙みしめた香西も、同じ気持ちだったようだ。

確かに香西はまだ佳人のことを完全には捨てきれていなかった。

そこを遥に横から持っていかれようとしているのだから、ますます納得できないのだろう。ただ捨てるだけならまだしも、誰かに拾うと言われればなんとなく未練が出る。特に本気でいらないと感じているわけではないのならなおさらだ。

しかし当の東原は、憐憫《れんびん》の情などには用がないとばかりに、そっけない調子で続ける。

「小娘の親がいくら踏み倒したのかは知らんが、遥に一本払わせて、ついでに貸しを作っておけば損はない。こいつはまだまだこれから伸びる男だ」

「金の問題とは違いますぞ。それじゃ若い連中に示しがつかん」

「遥の家に修行に出すと思えばいいじゃねぇか。遥はその辺の極道よりよほど厳しいからちょうどいい懲《こ》らしめになる。今は多少の損をしても、遥ならばいずれ倍返しにしてくれるさ。親父さんもそいつを後腐れなく追い出せて八方丸く収まるぞ」

俺を信じてこの場を任せろ、と言い切る東原に、実質的に格下の香西がいつまでも渋り続けることはできなかった。

遥は明日にも小切手を用意する約束で、傷つき果てて無惨な状態の佳人を自邸に連れて帰った。


背中の怪我は遠目に見たよりずっと酷く、遥は無理を言って往診させた医師にさんざん胡乱《うろん》な視線を浴びせかけられた。

「こんなこったろうと思って、看護師を連れてこなくて正解だった」

口は悪いしいろいろと煩《うるさ》いのだが、遥との付き合いは長い医師だけに、いざというときには頼りになる。ともすれば警察に報告義務が生じるような怪我の類でも、なんとか穏便にすませてくれたりするのだ。

とりあえず台所と続きの納戸《なんど》のさらに向こう側にある、奥まった和室に布団を敷いて寝かせたのだが、治療の間も佳人はピクリともしなかった。

本来ならば白いだけのはずの背中は、腰から上のほとんど全面にみみず脹《ば》れと擦過傷、内出血の青あざが浮かび上がり、ところどころ破れた皮膚の傷口から滲《にじ》み出る血で全体に悲惨なまだらを描いている。

老齢の医師は顔を顰めつつ、それら一つ一つを丁寧に消毒し、手当てしていった。

「今も熱があるが、夜にはもっと高くなる」

まるで自業自得だと言わんばかりに医師が予告する。

「あんたが夜通し看病するんでなきゃ、うちから看護師を派遣するが」

「結構」

遥はにべもなく断った。

医師は、納戸との境の出入り口に鎮座している、厳《いか》めしい顔をした男をちらりと見やって、勝手に納得したようだった。彼は遥の秘書兼ボディガードで、浦野《うらの》という。二年前からこの家に住み込みで働いている男だ。いつもこうして遥の傍に控えている。

普段はほとんど使用しない和室に、消毒液と薬の匂いが充満している。

俯せにされた佳人の背は、包帯でぐるぐる巻きになっていた。

佳人の下穿きを医師がずらして尻を剥き出させ、慣れた手つきで熱冷ましの座薬を挿入するさまを、遥は見守っていた。

「夜中にもう一度入れてやるんだぞ」

「わかっている」

「目を覚ましたら何か消化のいいものを食べさせて、それからこの薬をひととおり飲ませろ。飲み方はここに書いておく。包帯の取り替え方はわかっているな?」

遥は頷いて、老医師の皺《しわ》だらけの手から分厚い薬の袋を受け取る。

それからしばらくして医師が帰ったあと、遥は浦野を遠ざけて、佳人と二人きりになった。

浦野は不服そうだったが、結局は何も言わずに引っ込んだ。

まだ昼の三時過ぎだ。

東原と香西組の本部を訪ねたのが十一時前だったので、今朝浦野に見送られて出掛けてから六時間ほどしか経っていない。それが戻ってきたときには見たこともない怪我人連れだ。遥自身まだ戸惑っているくらいなのだから、浦野が納得できなくても無理はない。

よもやこんな事態になろうとは想像もしなかった。

広々とした八畳の和室からは、中庭の一角が眺められる。室内からの景色が最も壮観なのは、同じ向きでもことはちょうど反対側になる東南の方からの眺望になるだろう。そこには出書院もある本格的な書院の間と応接室、そして遥の書斎が連なっており、通常遥はそちら側を使っている。寝室は二階の一部屋に設け、寝るときだけ上がるのだ。

昏々《こんこん》と眠り続ける佳人の額には、うっすらと脂汗が滲んでいる。

遥はスーツのポケットから大判のハンカチを出すと、それを佳人の額に押し当てて汗を拭き取った。背中を痛めているので俯せのままにさせているから、顔が横向きになっている。寝苦しそうに見えたが、仰向けにさせるのは躊躇われた。

湿り気を帯びた髪を注意深く顔面から払いのけ、遥は佳人の端整な横顔に少しだけ見入った。熱のために紅潮した白皙、長さの目立つ睫毛《まつげ》、理想的な線を描く眉に、尖った鼻梁《びりょう》、肉の薄い唇と、よくまぁこんなにと感嘆させられるほど、すべての部位が整っている。世の中には確かに綺麗な男がたまにいるが、遥の知る限り、これほどの美貌にお目にかかったことはこれまでない。

あのとき佳人のどこが遥にあの男、十二年前死別した実の弟を思い出させたのか、こうしてあらためて間近に見つめれば見つめるほど曖昧《あいまい》になってくる。

遥の弟はこんなに端麗な顔立ちはしていなかった。確かに全体としては綺麗に見えたが、細部を一つずつ挙げていけば、どれにもなんらかの不足があったのだ。ちょっとしたことだが、高さ

はあるが僅かに曲がった鼻だとか、ぼってりしていて品位を感じさせない唇とか、そういった具合だ。遥とはまったくタイプの違う甘い容貌で、誰に聞いても似ていないと言われたものだ。

こうして恐れ知らずにも、組長の元愛人を半ば強引に奪い取ってきてしまったのは、やはり佳人の中に弟の面影が窺えたからなのだろうか。

遥と弟とは決して仲睦まじい兄弟ではなかった。

むしろ、最後のほうははっきりと憎み合ってさえいた。

相容《あいい》れないままある日突然弟に死なれた遥は、以降十二年間、ずっと孤独の中に身を置いて一人で生きてきた。誰も愛さなかったし、愛されようとも思わなかった。代わりに次から次へと貪欲に事業を興《おこ》していずれも成功させていき、その潤沢な資金力を背景に政治家とのパイプを作り、今では東原のようなヤクザの大幹部とも親交を深めるに至っている。

社会の弱者から強者へ、遥は見違えるような成功を収めている男だった。そして、今いる場所に安寧《あんねい》としているつもりは毛頭なく、これから先ももっと高みを目指すつもりでいる。

遥は自分のことを野心家だと自認している。目的のためにはある程度手段を選ばない乱暴なまねもする。そこまでして前進し続けても、行き着く先に何が待っているのかはまだわからない。だが、遥は行き止まりまで届かぬうちにはどうしても歩くのをやめられない性分なのだ。東原もその点は遥と同じタイプの人間で、だから二人は出会ったときから意気投合したのだろう。

ずっと無我夢中で生きてきたが、今日突然視野に飛び込んできた佳人のせいで、遥は久しぶりに弟のこと、そして自らの過去を思い起こしてしまった。

同時に佳人を放っておけなくなった。

誰にも私生活を干渉させたことのない遥が、初めて自分から進んで欲しいと感じたのが、この男だったのだ。

きっかけはどうであれ、こうして実際枕元で寝顔を見ていると、佳人は弟の茂樹《しげき》とはまるで別個の存在だった。

今はしっかりと閉じられている瞼を開けば、佳人が茂樹と似ているところなど、それこそ肌の色白さ、さらりとした髪、その程度のものだとはっきりわかるだろう。

佳人は弟の身代わりでもなければ、遥の感傷の対象でもない。

そもそもが、遥は死んだ弟のことでさしたる感傷に浸ってはいない。冷たいと思われてもかまわない。どんな理由があったにしても、彼は遥の憎悪を掻きたてることをしでかした。高校もまともに行かず好き勝手して不良の仲間入りをし、挙げ句の果てに女に唆《そその》かされてバイクでデス・ゲームなどをして事故死した、愚かとしか言いようのない男だったのだ。どれだけ遥が諫《いさ》めても聞かなかったのだから自業自得である。

佳人が目を開け、まるで覚えのない見知らぬ部屋に寝かされている自分を発見したら、どんなふうに反応するのだろうか。ヤクザの親分に楯突いても恐れていなかった佳人だから、ここでまたどんな過酷な生活が始まろうと冷静に受け止めるのだろう。遥はそれを考えると手応えを感じて楽しみな気分にさえなってきた。

骨のある男はいい。

願わくは遥は佳人に失望させられたくなかった。

佳人が微《かす》かな呻き声を洩《も》らし、寝返りを打とうとするように肩を動かしていた。さっき綺麗に顔から払ってやった髪がまた乱れてしまう。額にはびっしょりと汗を掻いている。背中の傷が相当痛んでいるのだ。

遥は冷たいお絞りを作ってくると、佳人の額に当ててやる。

一度は下がっていた浦野が顔を出し、明日も早いので佳人の世話は自分がすると言ってきたが、遥は首を振って断ってしまう。

「それよりも各社からメールで届いているはずの業務日報と決裁書類を打ち出して持ってきてくれ。ここで読む。そして明日の午前中は外出を取りやめるから、入っているスケジュールを至急調整してくれ。たいした用事は入れてなかったはずだから問題ないとは思うが」

「はぁ、それは承知しましたが……」

浦野はどうにも煮え切らない返事をし、布団に寝かされた佳人を無遠慮に見下ろす。

遥はこのままでは浦野が不満を募らせるだけだと気づき、

「こいつを引き取ることにした」

と簡単に教えてやった。

浦野は目を見開いて驚いている。まさか今後ずっとここに置いておくとは考えもしなかったのだろう。普段は遥に心酔してくれており、なにかと役に立つ男なのだが、どうやら佳人のことに関しては最初から嫌悪して胡散臭《うさん》がっているようだ。

「その男になにをさせるつもりですか」

「おまえの仕事を取り上げたりはしないから安心しろ。しばらくは部屋住みの家事手伝いだ。こいつが動けるようになったらまずは家で働かせて、使えるかどうか様子を見る」

「週に一度来ている松本《まつもと》さんはどうするんです？」

「ああ。あの小母《おば》さんには悪いが、家政婦協会に連絡して派遣契約を解約してくれ」

「それにしても、いったいどこで拾ってきた男ですか。身元は確かなんですか。社長はときどき危機管理がなっちゃいません。あまりわたしを心配させんでください」

とうとう浦野は我慢の限界にきたようで、突っ込んだ質問をしてくる。

遥にも浦野の苛立ちは理解できた。浦野には遥が無鉄砲すぎると映るのだろう。

「事情があって香西さんからもらい受けてきたやつだ。心配ない」

香西のことは浦野も充分に知っている。

名前を出すだけで、浦野は黙り込んでしまった。

「なに。使えないとわかれば俺もタダ飯食わしておくつもりはない。どこかのＳＭクラブにでも売り飛ばすさ。囲いものにする気でもらってきたわけじゃないしな」

遥がそこまできっぱりと言ったので、浦野の表情もようやく緩む。

もちろん遥は本気だった。

だからこそ佳人に失望させてほしくないと強く思っているのだ。


気がつくと知らない部屋に寝かされていた。

佳人は俯せのままゆっくりと首を傾げて周囲を見まわした。そうやってほんの少しでも体を動かすと、傷ついた背中がビリッと痛む。声を上げたくなるのを我慢して歯を食いしばったところに、誰かが入ってきた。

「気がついたのか」

落ち着き払った、聞きようによっては冷淡にさえ感じられる声がかかる。

このまま寝ているわけにはいかないと思い、体を起こそうとすると、続けてまた、

「寝ていろ」

と言われた。そっけない口調だった。

佳人が逆らわずに布団に横たわっていると、スラックスにセーターというラフな恰好をした男がすぐ枕元に腰を下ろし、持ってきた黒塗りの盆を傍《かたわ》らに置いた。盆の上には小さな土鍋がのっ

ており、どうやら食事を運んできてくれたようだった。

目つきが鋭く、苦み走った印象の人物だ。男らしく整った綺麗な顔立ちをしている。

一目見ただけで佳人には彼がただ者ではない気がし、背筋が緊張する思いを味わった。香西のところで何度か見たことのある東原に共通する、なにか畏怖《いふ》に近いようなものを、彼にも感じる。

同時に佳人は、荒縄で打たれて失神寸前だったときに現れた三人のうちに、一人だけ見覚えのない顔があったことを朧気《おぼろげ》に思い出していた。あのときはどうにか虚勢を張って気丈に振る舞っていたが、一瞬でも気を緩めると気が遠くなるような瀬戸際の状態で、その男の顔をよく見ることもできなかった。しかし佳人はこの男が彼だったのだろうと、ほぼ確信していた。

「ここは……どちらのお宅ですか」

「俺の家だ」

男は端的に返事をする。あまり口の達者なほうではないようだった。

「俺の名は黒澤遥。覚えているか？　おまえは香西の親分さんに楯突いて放り出されるはずだったんだぞ」

そう言われて佳人は、折られるはずだった両脚がなんともなっていないことにやっと気づいた。

あの後すぐに意識をなくしてしまい、そこから先は何も覚えていない。

「今からおまえはここで俺と暮らすんだ」

遥と名乗ったこの男が何を求めているのか、佳人には見当がつかない。

香西のように男色を嗜《たしな》むにしても、これだけの立派な邸宅を構えているからには、他でもっと若くて綺麗な相手をいくらでも見つけられる気がする。わざわざ二十七にもなる佳人をそんな目的で連れてくるとは考えにくい。

佳人が静かに考えを巡らす様を、遥はじっと見据えている。

表情の変化が乏しいので、遥の腹の中は窺いしれない。まったく怖くないと言えば嘘になるが、ここで怯えてしまっては自分が不利になるだけだ。佳人は長らくヤクザの囲い者にされていただけあって、その辺《あた》りの駆け引きを肌で覚えている。

しばらくの沈黙の後、先に口を切ったのはまた遥のほうだった。

「おまえの仕事はこの家の掃除と賄《まかな》いだ。料理ができなければ本を見て覚えろ。まずい飯を出したら俺は食わんぞ。当面の買い出しは俺の秘書で浦野という男がするが、慣れたらそれもおまえが自分でしろ」

「一人で外出してもいいんですか」

香西の許ではあり得ないことだったので、佳人は念のために聞いていた。

遥が不気味な笑みを浮かべる。

「逃げ切れるならいくらでも逃げるがいい。俺はべつに構わん。ただし香西の親分さんには連絡する。俺はおまえのために、つまりはどこかの小娘のために、一億の小切手を切った。この不況下に一億だ。よく覚えておけ。俺だって金の成る木を持っているわけじゃない。おまえが逃げれば俺は金を返してもらう。そしてとうに居場所を突き止められている娘は香港《ホンコン》マフィアかどこかに売られる」

佳人は片肘を突いて無理に体を起こす。

遥も今度は止めなかった。

「逃げません」

佳人がきっぱりと誓うと、遥は形のいい眉をちょっと上げ、唇には酷薄《こくはく》な印象の笑みを浮かべた。

「その心がけが大切だ。それを肝に銘じて俺に尽くせ。俺が白と言えば、たとえ黒だったとしても白だ。そのくらいの気持ちで奉公すれば、俺もおまえを悪いようにはしない」

遥の言葉は高飛車《たかびしゃ》で自信に満ち、有無を言わせないものがある。

佳人は小さく喉を鳴らした。はっきりと見下されているにもかかわらず嫌悪は感じない。遥には一度口にしたことは絶対に違《たが》えないという強い意志が見えた。

「わかりました」

佳人は着せてもらっている浴衣の衿《えり》がはだけているのを直すと、一旦そのまま布団の上で正座した。乱れた裾を整えるのも一連の慣れた動作のうちだ。

それから茶道の所作でするようにして畳の上に躙《にじ》り出る。

遥は佳人のすることを黙ったままじっと見ていた。

「ふつつかものですが、よろしくお願いします」

三つ指を突いて深く頭を下げる。

遥が声をかけてくれるまでそのままの姿勢でいたら、目の前に食事の盆が押しやられてきた。顔を上げると、遥は面倒くさそうに不機嫌な顔つきをしている。

「俺は育ちが悪いんでな、そういう格式張った挨拶《あいさつ》はいらん。食べろ」

土鍋の中身は五分粥だった。湯気がふわっと立ちのぼってくる。

佳人は急に空腹感を覚えてしまい、素直にレンゲを取る。添えてあった薬味を混ぜて器によそって食べる。おいしかった。

これを遥が作ってくれたのだろうかと想像すると、ぶっきらぼうな顰めっ面が照れ隠しかなにかの仮面のように思えてくる。佳人にとって遥はまだまだわからない部分だらけの男だ。けれど決して嫌いではないし、恐ろしくも感じない。

佳人が食事をする間、遥は窓から庭を眺めていた。

柔らかな春の光が枯山水《かれさんすい》の庭に降り注いでいる。

「食べたら枕元の薬を飲んで寝ろ。熱が引くまではこの部屋を出るな」

佳人は、もう寝ていなくて大丈夫です、と言いかけてやめる。遥の目はそんなセリフを許しそうになかったし、さっき遥の命令には逆らわないと誓ったばかりだったのを思い出したからだ。

佳人が布団に仰臥すると、遥は盆を持って出ていき、すぐにまた手ぶらで戻ってきた。どうやら台所はすぐ近くにあるらしい。

「ここには九つ部屋がある。二階が三部屋、一階が六部屋だ。浴室は一つだがトイレは全部で四ヶ所ある。自慢じゃないが半端な広さじゃない。おまえが来たからには通いの手伝いは断る。庭も含めてすべておまえ一人で掃除しろ。隅から隅まで丁寧に磨き上げるんだ。万一俺の指に埃《ほこり》がついたら、真夜中でもやり直させるぞ」

「はい」

「ただし俺の書斎、二階の寝室、それから浦野の個室は立入禁止だ」

佳人はもう一度注意深く、はい、と返事をした。

「おまえの部屋として、二階にもう一つ空いている和室を貸してやる。どのみち熱が引いてからの話だ。生活に必要なものは浦野に揃えさせておく。希望の品があるなら今、遠慮なく言え」

「普段着ていられるものさえ貸していただけたら充分です」

フンと遥が嫌味っぽく鼻を鳴らす。

「どうせ親分のもとでは贅沢三昧《ぜいたくざんまい》させてもらってたんだろうが。下着や靴下くらいの小間物なら好きなブランド品を買い揃えてやる」

「本当に、普通にあるものでいいです。そのほうが好きです」

「謙虚なのはいい。卑屈なやつは大嫌いだが」

「あの、一つだけお聞きしていいですか」

「なんだ」

佳人は躊躇いを振り捨てて続ける。

「旦那様はどうしてわたしを助けてくださったんですか」

遥の瞳が細く、そして普段よりももっと鋭くなる。

佳人はそれを怯まずに見つめ返して返事を待つ。

この場で聞いておかなければこの先ずっと悩んでしまいそうだったので、正面から率直に切り込んだのだ。

「勘違いするな、久保佳人」

遥が初めて佳人の名を口にして、低い声でまずそう牽制《けんせい》してきた。

怒っているわけではなさそうだったが、気丈な佳人も指が震えてくるのを抑えられない。堅気の人間のはずだが、遥の迫力はそこいらの舎弟を凌《しの》ぐものがある。

「俺はおまえを助けたつもりなどない。おまえは今から俺のものだと言っただけだ」

佳人はいきなり下顎に手をかけられ、強い力で顔を押さえつけられた。

突然のことに驚いて、ひくっと喉を引きつらせてしまう。

こうして布団に寝かされたまますぐ真上から睨みつけられると、佳人は全身が石になったように固まり、動かせなくなる。

「こんなのは単なる気まぐれの退屈しのぎだ。親分さんがおまえを捨てると言ったから、なら俺がもらおうと申し出ただけのこと。助けたなどと思われては迷惑だな」

遥の長い指が、顎から外れてそのまま佳人の細い首に巻きつく。

「おまえの首は細いな。こうやって俺が指に力を入れたら、このまま気道を塞いで窒息させられそうだ」

「あ……っ」

言葉のとおりじわじわと気管を絞めつけられ、佳人は苦しさに喘いだ。

まさか本気で絞め殺されるとは思わないが、遥はほとんど手加減なしだ。佳人は次第に目の前が暗くなってきた。

思わず遥の手に指を掛け、爪を立てていた。

気持ちは抵抗するつもりなどなくても、自分の身を守るために本能が働くのだ。

あと少し絞められれば息が詰まって失神するという寸前で、遥は唐突に指を離す。

佳人は喉を解放された途端に咳き込み、何度も大きく喘ぎながら生理的な涙を溢《あふ》れさせた。

「いいか、佳人。おまえの生死は俺の意思一つで決まるんだってことを重々頭に刻み込んでおけ。これから先俺がおまえに飽きるまでは、おまえの体は俺のものだ。おまえの自由になることなど何一つない。忘れるな」

言い捨てるなり遥は立ち上がる。

「俺のことは名前で呼べ。今度『旦那様』などと虫酸《むしず》の走る呼び方をしたら、布団なしで隣の納戸に寝かせるぞ」

そして佳人が返事をする間もなく、足早に部屋から出ていった。


翌日の午後いっぱいを、佳人は眠って過ごした。

誰も部屋に入ってこなかったらしく、次に目覚めてみるともう日が暮れている。

気分はかなりよくなっていて、背中も朝方ほどには痛まない。熱も微熱程度にまで下がっていた。

佳人はゆっくりと起き上がり、枕元の行燈《あんどん》型スタンドをつける。

広い家中がしんと静まり返っていて、自分のたてる物音以外には何一つ他で空気の動く気配がない。こういう状態は佳人にはこれまで経験がないだけに戸惑わされる。香西の屋敷には常に何人もの子分がたむろしていたし、生家に住んでいた頃も母かお手伝いさんか、とにかく誰かが周りにいた。

こんな大きな家を造っておきながら、なぜ家族は作らないのか、と遥を不思議に思わずにはいられない。

寂しくはないのだろうか。

佳人には遥の孤独が自分のことのように感じられる。

じっとしているのに飽きたので、佳人は暗くなった外の景色を眺めようと窓辺まで立って歩いてみた。まだ背中は激しく痛み続けており、熱のために全身が怠い。なかなか足に力が入らない。立ちくらみがしたが、窓枠に摑まって足を踏みしめていると、そのうち頭の痺れも薄れて視界も元に戻ってきた。

暗がりの中にぼんやりと庭石が浮かび上がった中庭は、それなりの趣《おもむき》がある。遥の説明では右手の棟がこの邸内の中心部のようだが、確かに向こう側に行くにつれ、徐々に庭木や植え込みが増えていき、枯山水から風景庭園へと華やいだイメージのものに自然と移っていくのが、いかにも独創的で面白い庭だった。主庭は建物の向こう側に当たるらしくて、こちらからは見られない。

車が車庫に入ってくる物音がした。

遥と浦野が戻ってきたようだ。

佳人は窓の傍を離れて布団に入り直す。明かりも消した。

なぜそんなことをしたのか自分でも上手く説明できないが、たぶん、起き上がったままで遥にお帰りなさい、と挨拶するのが気恥ずかしかったからだろう。名前で呼べと言われても、黒澤さんとするべきか遥さんとするべきか、まだ決めかねている有様だった。

十分ほど布団の中でじっとしていただろうか。部屋に遥と思しき人影が入ってきた。薄目を開けていた佳人は、瞼を固く瞑ってしまう。

遥は明かりには手を触れずに佳人の枕元に屈み込むと、寝ているのか、と低く呟く。

佳人は必死で眠った振りを続けた。この期に及んで実は起きていたとばれるのは、無性に気まずい。

目を閉じているのに、遥の視線がじっと自分に注がれている気配が伝わってくる。佳人は緊張に睫毛が震えそうになるのを必死で我慢した。

思いがけず優しい仕草で額に手のひらを当てられたのはその直後だった。

佳人は驚いて、もう少しで声を上げそうになった。

熱を確かめたあと、遥の手はついでのようにして佳人の髪に触れてくる。ちょっとの間だけだったが、慈《いつく》しみに溢れた優しい仕草だった。

どうして言葉とは裏腹にこんな情のこもったことをしてくれるのだろう。佳人には遥の本心がどれなのか定かでなく、混乱してしまう。欲のために行動する人間にならいくらでも縁があったが、遥の場合はそれとは違い、髪を撫でて頰に指を滑らせても、そこには純粋な慈しみが感じられるだけなのだ。

遥はしばらくすると出ていってしまったが、佳人の心臓は壊れそうに波打っており、その夜遅くまで佳人を眠れなくさせた。

佳人がおとなしく寝ていたのは、三日目の朝方までだった。

その日、遥が帰宅したのは午後十時過ぎになった。昨夜は八時頃に帰ってきて佳人の様子を見に行ったのだが、佳人は静かに眠っていた。額に触れるとまだ少し熱があるようだったので、そのまま寝かせておいた。今朝出かけるときもまだ布団に横になっていたから、てっきりもう少し養生するのかと思っていた。

玄関を入ってすぐの取り次ぎに、寝間着にしている浴衣姿のまま正座した佳人を見つけたとき、遥は驚いた。

鞄《かばん》を抱えてすぐ後ろをついてきていた浦野が険悪な表情になって一歩前に出、佳人に何か言おうとしたが、それは遥が押しとどめてさせなかった。

お帰りなさい、と丁重に出迎えられ、スリッパを揃えられても、遥には佳人の顔色の蒼さが気になって憮然《ぶぜん》とした顔つきしかできない。自然、声も冷たくなる。

「誰が起きていいと言った」

「もう体調も元に戻りました」

「そんなことは俺か医者の決めることだ」

遥はピシャリと決めつけた。勝手なことをされて腹立たしさが込み上げてくる。

「来い！」

スリッパに足を突っ込むと同時に佳人の細い腕を乱暴に掴み、引きずり上げて立たせる。背中が痛んだのか、佳人が微かな呻き声を立てた。

二の腕を掴んだまま佳人の肩を小突くようにして歩かせ、奥の和室に連れ戻した。

和室は綺麗に片づけられていた。

押し入れを開けると、今朝まで敷いてあった布団が畳んで仕舞われている。遥はその布団を片腕で掴み出し、畳に滑り落とした。そして崩れた布団の固まりの上に佳人を手加減なしで突き飛ばす。

傷ついた背中をまともに突かれた佳人は、苦悶の表情を浮かべつつも悲鳴だけは歯を食いしばって噛み殺していた。

強情っぱりめ、と遥は歯軋《はぎし》りしたくなった。

目の前に立ち塞がっている遥を見上げる佳人の瞳には、我を通したがっている強気が見て取れる。恐れなどはまるでなく、ただ一抹の困惑が浮かんでいるだけだ。

やはりこの目に魅《み》せられたのだ、と遥はあらためて思う。

庭先で見たときと同じだ。目が生きている。男気に溢れた本当にいい目つきをする。

そのくせ、乱れた裾から覗《のぞ》く白い太股や男にしては細すぎる腰のあたりに、なんとも言いようのない淫靡《いんび》な艶があり、女のように抱いて征服したくなる欲求を掻きたてられる。おそらく香西が佳人に執着し続けたのも、この一見アンバランスで不思議な魅力のせいなのだろう。

「そんなに自分の体を苛《いじ》めたいのなら明日から働け。それはべつに俺もとめないが、俺が今腹を立てているのは、おまえが断りもなく勝手をしたからだ」

「すみません」

「俺はいつも五時頃起きる。起きてこの辺をジョギングしてから六時半くらいに食事をとる。朝はパン食が主だ。おまえが明日から浦野の代わりに準備しろ。俺も浦野も八時に出勤する。あとは家の掃除と洗濯をしておくんだ。時間のやりくりができるなら昼の時間をどう過ごそうと誰も見ている者はいない。だがこの前も言ったが、きちんと務めを果たしていないとわかったら容赦しないぞ。昼飯は一人分でもちゃんと作って食べろ。何を食べたか報告させるかもしれない。俺は付き合いの外食が頻繁《ひんぱん》だから、夕食の支度は毎日する必要はない。いるときだけ連絡する。それ以外の日は昼同様に一人で食べろ。浦野のことまで世話を焼く必要もない」

「わかりました」

「それから、十一時を過ぎても俺が帰らなかったら、戸締まりを確認して先に寝ろ」

これにには佳人が返事を躊躇ったので、遥はもう一度強い調子で念を押す。

「寝る寝ないはどうでもいい。俺の知ったことじゃない。単に部屋で休めと言っているんだ。十一時過ぎたら俺の世話をする必要はない。いいな?」

佳人は渋々という感じで、小さく了承の返事をした。休んでいいと言っているのに喜ばないとは変わった男だった。遥は佳人が誠心誠意自分に尽くそうと決心しているのを感じて、ちょっと込み上げてくるものがあった。だがそれがどういう感情なのかは複雑すぎて一口に表現できない。

「風呂は俺が帰ったらすぐに沸かせ。もっとも今までの例だと、俺がまともな時間に帰宅するのは、週に二回もあればいいほうだ」

「はい」

今度は佳人も素直に答え、視線を落として俯く。そのとき、はだけた裾にやっと気が回ったらしく、そっと浴衣の下に太股を隠す。羞恥からというよりも、他人の目にだらしなく映らない気配りの動作のようで、その辺が女とは一味違った硬質な色香を感じさせる。

浦野が部屋の出入り口から姿を見せた。両腕に五つもデパートの紙袋を提げている。浦野は遥の言いつけに従い、紙袋を壁際に並べて置くと、相変わらず陰険な目つきで佳人を一瞥してから出ていった。

「当面の衣類だ」

「ありがとうございます」

「部屋は明日移れ」

ぶっきらぼうに言ってさっさと踵を返しかけた遥だが、ふと包帯のことを思い出す。

遥は佳人の胸元になんの断りもなく手をかけた。いきなり遥に衿を大きく開かれた佳人は、さすがに動揺して身を捩《よじ》る。

遥にとっては看病のためにすでに何度も目にしている裸だが、佳人にしてみれば意識のない時のことである。まさか包帯を交換するためなどとは思いつきもしなかったのだろう。抱かれるのだと勘違いしたらしい。拒絶する気はないが、突然すぎて心構えができていない、そんな狼狽《うろた》え方だった。

「ばか」

遥は佳人に一瞬でもそんなふうに思われたのが心外で、おまけに怯えられたのが無性に腹立たしくなる。

「包帯を替えるだけだ。準備してくるから床《とこ》を敷いて待っていろ」

あっ、というように佳人が赤くなる。勝手に誤解したことが恥ずかしくてたまらなくなったようで、すみません、と消えそうな声で謝った。

羞恥のために上気した顔は、いつもよりも子供っぽく見える。元々美しさだけが際立って年齢不詳っぽい男なのだが、こうしてたまに感情を露《あらわ》にすると、普段が無表情なだけにかわいい。かわいいなどと感じるから幼い印象になるのだろう。

手当ての間、二人とも無言だった。

それでも空気はそれほど重苦しくなく、心が通じ合っているような安心感さえあった。

新しい浴衣を着て布団に入った佳人を見届けると、遥は明かりを消した。

「あの」

暗がりの中から控えめな声で佳人が遥に呼びかける。

「なんだ」

「今夜のお夕飯は、もうすんでいるんですか」

「ああ。会社の連中と飲んできたからな。なぜだ?」

「いいえ、お聞きしただけです」

それっきり佳人は口を噤《つぐ》む。

遥はフン、と鼻を鳴らし、つまらんことを聞くな、と冷たいセリフを残して部屋を出る。

佳人が言わなかったことがあったのは想像がつく。

案の定、食堂に入ってみれば、六人掛けの広い食卓の一角に、食器類がセットしてある。それに、さっき何度も通り抜けたはずの台所をちゃんと見れば、コンロにのせられたままの二つの鍋がある。それぞれに、ぶり大根とすまし汁が作ってあり、冷蔵庫にはサラダもあった。いずれも苦労の跡が如実に窺えるもので、見栄えのいい出来ではないが、生まれはどこかの社長令息だと聞いた佳人がこの三品を用意するのにどれだけの時間をかけたのかと想像すれば、とてもこのまま見て見ぬ振りはできなかった。

夕食はちゃんと食べて帰ったはずの遥がまた食事をしているのを目にした浦野は、呆れ果てたような溜息をついていた。

広い邸内を一人で掃除するのは思いのほか重労働だったが、佳人は手を抜いて楽をしようなどという姑息《こそく》な考えは微塵も持ち合わせていない。

香西のところでも、新入りの部屋住みたちが同じようにして修行に励んでいた。彼らを十年あまりも身近で見てきた佳人には、今の自分がそれほど大層な苦労を背負わされているとは思わないのだ。

見習いは盃を受けるに足る器量かどうかを試されている半人前だから、意味もなく兄貴分に怒鳴りつけられたり、なにかにつけて蹴られたりといったことに耐えながら、便所掃除や使い走りに明け暮れていた。たいてい半年ともたずに逃げ帰っていく。どのくらいの期間務めれば若い衆にしてもらえるのかというと、それは組によってさまざまらしい。香西組には三年間というメドがあったが、三年後に残っている確率は一割にも満たないことが多かった。

佳人が苦手なのは浦野にじっと監視されることだ。浦野の視線にははっきりとした侮蔑《ぶべつ》が含まれていて、いくら佳人が気にすまいとしても、目が合うたびに憂鬱《ゆううつ》になる。

浦野は佳人をあからさまに嫌悪する。

一度すれ違いざまに「淫売」と罵《ののし》られたこともあるし、「早く次の男を見つけて出ていけ」と言われたこともある。佳人が香西組組長の元愛人だったことを知っており、そんな男が自分の敬愛するボスの傍に居座っているのが、どうしても納得できないらしい。浦野が同性愛を激しく嫌悪する性質の人間なのは、前にも同じような男を知っていた佳人にはなんとなく察せられる。

もしかすると浦野には、二人が寝ているように誤解されているのかもしれない。

確かに最初は佳人も、遥もそのうち自分を抱くのだろうと考えていた。十年も香西に仕込まれてきた体だから、物珍しさから試してみるのではないか、と覚悟していたのだ。

遥のことは嫌いではないし、感謝もしている。遥が望むなら佳人は素直に体を開いて受け入れるつもりだった。遥は佳人の命の恩人と言っても大げさではないので、それは自然な感情だ。床についていていても、今夜こそ呼ばれるのでは、もしくは向こうから部屋に入ってくるのでは、と緊張する夜が続いたときもあったのだ。

しかし三週間が過ぎようとしている今は、佳人もそんな考えはすっかり捨てている。

遥はそういう意味では佳人に興味のある素振りをまるでみせなかった。

佳人はそれに気づいたとき安堵《あんど》すると同時に少し空虚な気分になり、自分で自分に狼狽えた。

もしかすると佳人は自分で自覚している以上に遥に惹かれているのかもしれない。

そう気づいたから動揺してしまったのだ。

遥のことを考えると、佳人はいつも鼓動が速くなる。

香西に囲われて、周囲の妬《ねた》みや僻《ひが》みを買うほど執心されてきた十年だったが、一度たりともこんな息苦しい想いに駆られたことはない。佳人は香西のことも決して恨んではいなかった。ただ抱かれるのは精神的に苦痛で、それなのに感じてしまう己の淫らさを恨んだものだ。

二十以上も年上の、しかも住む世界がまったく違う香西に、高校生のときに体から奪われた佳人が気持ちまで添わせることはなかなかできなかった。

それに比べれば遥の場合はまだ自然で受け入れやすい。歳も近いし、精神的にも肉体的にも充分熟しきって出会った。おまけに遥はすらりとした長身に均整の取れた筋肉をつけた、とても見映えのする男だ。

佳人にはいつもぶっきらぼうで冷たいことしか言わない遥だが、実際はそれほど無情な人間ではないと信じていた。優しく頬を撫でられたときの感触を覚えている。あれが本来の遥なのではと思う。自分にも他人にも厳しい遥の態度には好感が持てる。口にしたことは必ず実行する意志の強さには感心を通り越して憧《あこが》れさえ感じるのだ。

遥のためならなんでもしたい、そう思う人間が、遥の周囲には何人もいるに違いない。あの東原もその一人だろうし、浦野もそうだろう。三十二の若さで四つも五つも会社を興して成功しているのは、才覚があるのはもちろんだが、それ以上に遥に人としての魅力があるからだ。

男が命を懸《か》けてでもついていきたいと思う男、というのは確かにいる。

佳人の気持ちもそれと似ていた。

どんな些細な役目でもいいから、遥のためになりたい。

今のところ佳人にできるのは、家の中を気持ちよく整え、栄養のバランスを考えた食事を作り、疲れて帰ってくる遥がくつろげるようにすることだけだ。

一番問題だったのは今までろくにしたことのない料理だったが、働き始めた一日目の夜、遥が五冊ほど料理の本を買ってきて、佳人に「勉強しろ」と渡してくれた。以来ずっとそれを見て研究している。

佳人が思うに、前の晩あり合わせの材料で作ってみた料理を食べてしまった遥が、あまりの不味さに閉口したのだろう。まさか食べてくれたとは思っていなくて、朝起きて驚いた。いったいどんな味だったのかはいまだに怖くて聞けないでいる。それからすると最近は自分でもまずまずの出来になってきたのではないだろうか。

遥はどんなに遅くなっても必ず帰ってくる。出張以外でよそに泊まってくることはない。だから佳人は、次第に午前を過ぎても起きて待っているようになった。十一時過ぎたらオフタイムだと言われていても、つい出迎えに立ってしまうのだ。最初は不機嫌に怒っていた遥も、そのうち諦めたらしく、嫌味も文句も言わなくなった。それどころか、たまにお茶漬けを食べさせろだの、風呂で背中を流せだのと言う。それを佳人は嫌だとも面倒だとも思わない。浦野が部屋に引き取ったあとのこういう二人きりの時間が嬉しくさえあるのだ。

誰かに尽くすことで自分まで幸せな気持ちになるのが不思議だった。

相手が遥だからなのか、それとも佳人が元々そういう気質だからなのかはわからなかったが、今は与えられた役割をこなすことで、退屈になりがちな家事ばかりの毎日を充実したものにさせていた。

庭の桜が満開になった。

遥は、十二畳の書院の間に付属した水屋を通り抜け、庭に張り出した月見台に立つと、今年も見事に咲き誇ってくれたソメイヨシノをじっくりと眺めた。

今朝出勤する前に、今夜は絶好の花見日和になると思ったが、まさにそのとおりだった。

薄桃色の花のレース越しに浮かぶ月はほぼ満月。

昨夜はかなり肌寒かったが、今夜は冷たい風も吹いてこない。

突発的な用事ができない限り早く帰宅して夜桜を眺める、と朝から決めていた。

遥は一旦部屋の中に戻ると、台所で巻き寿司を巻いている佳人に、熱燗《あつかん》をつけて酒の肴《さかな》と一緒に月見台に運んでこいと言いつけた。

「お花見ですか」

佳人が米粒のついた指を持ち上げ、手の甲で小鼻のあたりを擦りながら言う。ふと目に入った指には、小さな切り傷がいくつもできている。まだまだ包丁の扱いに慣れないようで、ちょくちょくどこかを傷つけてしまうらしい。実際佳人はよくやっていた。毎日休む暇もなく働くから、少し痩せた気もする。そろそろ佳人の身の振り方を考えるべきだろう。いつまでもおさんどんをさせておくには、佳人はもったいなさすぎた。

「おまえも来て酌《しゃく》をしろ」

一緒に住み始めてそろそろ一ヶ月が経つ。

三月は年度末のせいか忙しく、ウィークデーはほとんど毎晩遅くなるし、週末もなにかと用事が入る。佳人と同じ食卓で食事をする機会は、これまで数えるほどしかなかった。それに普段は自宅でアルコール類を飲む習慣がないので、今夜は珍しいこと尽くしの夜になりそうだ。

昼の桜も綺麗だが、夜見る桜の幻想的な美しさは比類がない。

酒がなくても酔える気がする。

「おまえは新宿御苑《しんじゅくぎょえん》の桜を見たことがあるか」

杯を辛口の酒で満たさせながら、遥は佳人に聞いてみる。

「いいえ」

佳人は徳利《とっくり》を盆に戻し、遥に顔を向けて答えた。

綺麗な男だ、と思う。

すっきりとした切れ長の目は思慮深く理知的で、彼の聡明さをはっきりと印象づけている。宵闇に蒼白く浮いて見える肌も、形のいい唇も、まるで一個の芸術品のように美しい。

今夜は特に、遥に合わせて和装になってくれており、地味な色合いの紬《つむぎ》の着物が得も言われぬ禁欲的な雰囲気を醸《かも》し出している。不思議なもので、ストイックであればあるほど淫らな妄想を掻きたてられるのだった。

あまりずっと佳人を見ているわけにもいかず、遥は視線を外して手にした杯を口に運ぶ。

「御苑の桜は有名だ。何種類かの桜があってそれぞれ咲く時期が少しずつずれるから、満開の時だけじゃなくて散る時期も幻想的な景色が見られる」

言いながら、遥はそこに佳人を連れていくのもいいと思った。

満開の桜の下を、すでに散ってしまった桜の花びらが、薄桃色の絨毯《じゅうたん》を広げたかのように化粧している。午前九時の開門と同時に入園すると、まだほとんど人気のない静謐な空気の中、ゆっくり桜と向き合えるのだ。

「いつか見てみたいです」

佳人はほとんど期待していないような口調でそう言った。遥が連れていってくれるなどとは夢にも考えていないふうだ。

ときどき遥には、遠慮深い佳人がもどかしい。

諦めることばかり強いられてきたせいかもしれないが、多くを望まないことに慣れている。遥自身佳人にそんな生活をさせておきながら、いざこういう会話を交わし始めると、急に佳人が不憫《ふびん》になったりする。遥は自分の一貫性のなさに自分で苛立つのだが、これは理性では抑えられないわけのわからない感情だった。

しかし結局遥はそれ以上御苑の桜のことは口にせず、話題を変えていた。

「家事は慣れたか」

「掃除に関しては、少しは要領が摑めてきて、動線に無駄がなくなりました。最初は広すぎてどこから手をつけていいのかわからなかったんですけど。でも今は自分の中にちゃんと手順を決めてあるので」

「料理のほうは相変わらず不器用なようだが」

遥が佳人の指を見て揶揄《やゆ》するようなことを言ったからか、佳人は恥ずかしそうに手を背後に隠してしまった。

「まぁ味つけは悪くないから、おまえの指がどうなっていようが、そんなのは俺の知ったことじゃない」

「これでも前よりは上達したつもりです」

「ああ」

最初に食べたぶり大根のぶかっこうさを思い出すと、遥の口元は自然に意地悪く綻《ほころ》んでくる。それからすれば確かに格段に上達している。

佳人はなにをさせても吞み込みが早く、遥が期待した以上の働きをする。そのぶん努力も並大抵ではないようだが、それを微塵も感じさせないのがまたすごかった。

前はほとんど外食ですませていた夕飯を、佳人が来てからは極力家で食べるようにしている。少しくらい遅くなっても、また付き合いで店に行ってさえ、外では小鉢や刺身を摘む程度にしてあとは帰宅してから本格的に食べるのだ。今夜はなにを用意して待っているのかと思うと気になって、自然とそうしてしまう。

変なものを出したら嫌味の一つでも言って佳人を苛め、いつもはあまり感情の出ない顔が困惑するところなどを見たかった。なんでもいいから佳人にかまいたい気持ちがあるのだ。これが意外と、叱るより褒めるほうが効果的だと気づいたのは最近になってからだ。

遥も意地っ張りだからめったなことでは褒めたりしないのだが、一度ちらし寿司の見事なものを出されたときに本気でびっくりして、つい感嘆の言葉を出したのだ。そのときの佳人の当惑ぶりは予想外に激しく、耳まで真っ赤にしてずっと俯きっぱなしだった。挙げ句には十一時になると同時に、時間だからといって部屋に隠れてしまったのである。

おかしいというか、かわいいというか、遥は思い出すたびに頬が緩んでくる。

以前とは打って変わってなるべく早く家に帰ろうとする遥を、周囲はしきりに「女ができたか」と冷やかしてくれる。違うと言っても誰も信じなくて面倒なので、勝手に想像してくれと投げ遣《や》りにしてある。家にいるのが女でなく美貌の青年とわかれば、皆拍子抜けするだろう。

穏やかな風が遥の頬を掠めて通り過ぎる。

佳人の長めに伸ばされた髪もサラサラと揺れていた。

気持ちがよくてついつい酒が進む。

遥は杯を飲み干すと、また徳利を持ち上げた佳人の手からそれを取り上げ、代わりに自分の手にある杯を持たせた。佳人が問うように遥を見る。

「おまえも飲め」

「あまり強くないので……」

「なら酔えばいい」

遥は切って捨てるような調子で言ってのけ、白皙の美貌を正面からじっと見つめ返す。

「今夜はおまえが最初に寝ていた和室に床をのべればいい。そこまでなら俺が抱えて運んでやろう」

「遥、さん」

佳人は戸惑っており、頼りない声を出す。めったなことでは遥を名前で呼ばないので、どうしてもスムーズに言えずに途中でつっかかるようだ。まだ遠慮しているのだろう。

「桜も酔ったおまえが見たいと言っているのが聞こえないか」

佳人の視線が桜に移る。

その隙に遥は杯を酒で満たした。

佳人は遥が勧めるままに続けて二杯の酒を呷《あお》った。潔《いさぎよ》くて綺麗な飲みっぷりで、遥は満足する。

佳人のなにもかもが遥の期待を裏切らない。

たった二杯飲んだだけで、佳人の頬や首筋はほんのりと赤くなっている。瞳もうっすらと潤んでいて、そこはかとない艶が出ていた。

「……このくらいで許してください」

佳人は遥に杯を返しつつ哀願するように言った。

「もう酔ったのか？」

「いえ。でも、これ以上だと本当に酔います」

「香西の親分さんは酒好きじゃなかったのか。おまえも少しは飲まされただろう」

「ええ」

「おまえは酔ったらどうなる？　泣くのか笑うのか怒るのか眠るのか……」

それとも淫乱になるのか、と言いかけ、突然込み上げてきた欲望に遥は言葉を切っていた。

股間の昂《たかぶ》りに気づいたのだ。

佳人もそれを敏感に察したようで、突然言葉を切った遥に訝《いぶか》しそうな顔をするでもなく、そっと視線を膝に落としただけだった。

遥は桜を見上げ、上空に懸かる月にも魅せられた。

月も桜も、こんな夜くらい惑ってなにが悪い、とばかりに遥を誘惑している。

「佳人」

遥が低い声で呼ぶと、佳人は顔を上げて遥の方を向いた。

胡座《あぐら》をかいていたときから開いていた着物の合わせをさらに広げる。

佳人は遥の勃ち上がってしまっている股間を見、それから戸惑ったように遥を見る。嫌がって躊躇っている感じではなく、遥の本意を探っているような感じだった。これまで一度たりとも佳人にこんな奉仕をさせなかった遥が、こうして男を見せつけて露骨に求めてくるのが意外なのだ。今夜に限っていつもと様子が違うので遥が本気かどうか見定めようとしている。

「来い」

遥の強く促す声に、ようやく佳人も気を取り直した。

酒とつまみののった盆を脇に避けてから、正座したまま腰をずらして寄ってきて、遥の両股に手をかけてくる。

躊躇いはないようだったが、布地を突き上げている勃起の大きさには一瞬だけたじろいだのがわかった。ばかげているとは思うが、その反応は遥を男として誇らしい気持ちにさせた。

佳人の指に握られると、遥の男はますます硬度を増す。

慣れているはずなのにどこかに初々《ういうい》しさが残る佳人の優しい指使いで勃起を扱《しご》かれ、遥は久しぶりに充足した快感を味わった。佳人はときどき視線を上げて遥の表情を見る。微妙な変化から遥の感じ方を察して、指の動きに変化をつけるのだ。遥をできるだけ気持ちよくさせようとしてくれているのがわかる。

遥が指の腹を佳人の薄い唇に押しつけて口淫を促すと、佳人はそのまま床に這い蹲《つくば》うようにしていきり立っている肉棒を唇に迎え入れた。

はじめは先端だけを含み、すでにできていた先走りの雫《しずく》を丁寧に舐め取る。それから徐々に全体を喉の奥まで入れ、舐めたり吸引したりしてくれた。

あまりの気持ちよさに遥は何度か呻きそうになり、そのたびに慌てて声を噛み殺した。それでも自然と顎が上がってしまい、意識の大半を股間の快感に支配されながら、ほとんど夢見心地で桜を眺める。

酒のせいもあるだろうが、脳天が痺れるような気分だった。

桜から自分の股間に蹲《うずくま》る佳人に視線を落とし、衿の隙間から覗く項《うなじ》の白さに目を奪われる。

背中の傷は完治したのかどうか佳人に聞くのを忘れていたことを思い出す。腕を伸ばして背中に触れると、佳人は口をいっぱいに開いて遥のものを吸引しながら、僅かに頭を上げる。痛むわけではなく、手を触れられたこと自体に反応しただけのようだ。

「そのまま続けて俺をいかせろ」

遥はいつものように冷たく命じると、背中を軽く何度かさすったあと、髪に指を通したり頭をそっと宥《なだ》めるように撫でたりした。

そうしていると愛しさが込み上げてきたが、それを口に出して言うのは気恥ずかしかった。遥は自他共に認める口下手なのだ。おまけに行動も素直でないことが多い。

これまでのところ興味も暇もなかったから女を作ろうとしなかったが、もしその気があったとしても、これではできてもすぐ破局だっただろう。女の面倒くささは、何人もの知り合いから嫌と言うほど聞かされている。もっとも彼らの場合は本気で面倒がっているふうではなく、単にの

ろけているだけだった気もする。

　佳人を抱くということは考えないでもなかったが、それでは香西と何も変わらない。

　遥にはどうしてもそれが嫌なのだ。佳人に香西と同じだと思われたくない。べつにいい人ぶる気は毛頭ないが、佳人に軽蔑されるのはあまりにも屈辱的だ。そんなことになれば自分で自分を許せない。

　本当は買った男に軽蔑されても痛くも痒くもないはずだが、なぜかその道理は佳人相手には持ち出せない。遥自身、自分をおかしな男だと自嘲《じちょう》していた。もっと徹底して冷酷になろうと思えばなれる気質なのだ。本当なら反抗心を露にしただけでも許さないし、ましてや軽蔑心など持とうものなら裸で追い出す。他の人間になら迷わずそうしているところだろう。

　しかし、そもそもが佳人でなければ香西から買い取ったりもしなかったはずなので、佳人だけは最初から遥にとってイレギュラーな存在なのだ。

　そろそろ快感が頂点に達しようとしている。

　遥はだんだんとそれを追いかけて浸ることしか考えられなくなっていく。

　佳人の舌が、温かな口の粘膜が、遥に強烈な射精感を促す。

　佳人を押しのけようとしたときにはすでに遅かった。

　遥は濃い迸《ほとばし》りを大量に佳人の喉に放ち、全身を弛緩《しかん》させていた。

「ばかめ……飲んだのか」

唇を濡らして軽く噎《む》せている佳人に遥は気怠く言った。

ばかめと誹《そし》りながらも、愛しさを感じている気持ちが声に滲んでいるようで、不覚だった。

このままではいずれ佳人にもっともっと求めてしまうだろう。

そんなわけにはいかない、と強く思う。

遥は自分のプライドを捨て切れなかった。

どうにかしなければと悩みつつ佳人から視線をずらした先に、浦野を見つけた。

いつからいたのか、月見台の向こう、書院の間に併設された入側縁との間にあるガラスの間仕切りの向こう側に立っている。

浦野は遥と目が合うと軽く黙礼して奥に引っ込んでいったが、それまで浮かべていた憎悪と侮蔑に満ちた表情を思い出すと、一抹の胸騒ぎを感じないではいられなかった。


遥が最初に興したのは小さな宅配運送会社だったらしい。

佳人は遥自身の口から初めてそのことを聞いた。

都内近郊を中心に小荷物宅配を扱っていた軽運送会社、それが物流産業隆盛の波に乗り、徐々に全国規模のトラック運送会社にまで成長した。その会社を足掛かりに、現在では通信販売会社、消費者金融業、アダルトビデオ制作会社など、さまざまな業種に手を広げていずれも収益を上げている。遥はあの東原も認める、遣り手の青年実業家なのだ。

「これからは在宅物流の時代だと五年ほど前に思った」

浦野が走らせる通勤用の車の後部座席に佳人と並んで座り、遥は特に感情の籠《こ》もらない淡々とした口調で続ける。自分の業績を威張《いば》るわけでも自慢するわけでもない。ただ事実を話しているだけだという感じだった。

「俺がまだ大学に通っていた頃からインターネットの普及は凄まじい勢いで進んでいた。ネット通販が一般化すれば必然的にカード会社と物流業者へのニーズが高まる。俺はまずそこを早期に押さえ、通信販売業にも手を伸ばした。ネットでの受注中心のな。今のところ俺の読みは外れていない」

遥が佳人に自分のことを話してくれることなどめったにないことだ。

佳人は珍しいと思いつつ、じっと耳を傾けていた。

今日の外出は昨夜のうちから遥に指示されていたのだが、どこに行くのかも目的もまだ聞いていない。

二日前、美しく満開に咲き誇った桜を眺めながら一緒に過ごして以来、遥の態度は微妙に変わっていた。酒と桜の相乗効果で、雰囲気に酔わされたように佳人の奉仕を求めたことを、後悔しているようだった。佳人の口の中で果てたあと、遥は佳人を押しのけて立ち上がり、そのまま無言で自室に引き籠もってしまったのだ。

本来は妻にさせるようなことを佳人に任せているうちに、つい女といる気分になったのかもしれない。それで、いつまでもこのままではまずいと感じたのだろうか。

とにかく遥は佳人を外に出そうと考えたようだ。

昨夜無造作に渡された大きな化粧箱にはスーツ一式が入っており、どうやら会社に同行させるつもりなのだとは予想していた。

当然遥もスーツを着るのかと思っていたが、彼のほうは建設業の現場監督が着るような、ラフな作業着姿だった。胸についた縫い取りから、運送会社の制服だとわかる。

たぶん、行き先はそのトラック運送会社に違いない。

そこで働かせてもらえるのかもしれない。

佳人はそう考えると少しだけ気持ちが高揚《こうよう》した。遥の家で家事手伝いをするのも決して嫌いではないが、やはり家に籠もりきりの毎日には気分が塞いでしまっていたのは否めない。それを顔に出したつもりはなかったが、遥には佳人の気持ちが伝わったのだろうか。

「いつまでもおまえを家事手伝いに使っていても仕方がないから、外で働かせることにした」

やはり遥はそう言った。

「ありがとうございます」

「フン。言っておくが、事務とか秘書とかそんな優雅な仕事じゃないぞ」

「なんでもします。ただ……トラックの運転は経験がないです」

少し不安になって佳人が念のためにそう言うと、遥はにこりともせずに、

「第一おまえは普通免許も持っていないんじゃないのか」

と、ほとんど断定的に確かめてくる。

そのとおりだった。

香西は佳人に高校を続けさせ、大学も大学院も希望する限り行かせてくれたのだが、運転免許を取らせる気は毛頭ないようだった。確かに若い衆や見習いが何人もいる香西邸にいる以上、佳人が運転するような機会はなかった。

「免許は取れ」

佳人は目を瞠る。本気でトラックの運転手をさせるつもりかと思ったのだ。そういう仕事にはあまり自信がない。適正もない気がする。

「運転免許を持たないやつは採用しないのがうちの基本なんだ。おまえは特別扱いで勤務しながら取らせてやる。どうせ最初はデスクワークだ。覚えることが山ほどある」

「トラックのような大きなものをすぐに扱えるようになる自信はないですけど、それでもいいんですか」

できないことは最初から断っておくほうがいいと思って、佳人は思いきって言ってみる。

いろいろと自分のことを喋《しゃべ》っていたが、遥は決して機嫌がいいわけではなさそうだ。仏頂面を

崩さないまま、ぶすっとして言う。

「誰がおまえにトラックを運転しろと頼んだ」

「違うんですか？」

「俺の辞書にも適材適所という言葉はある」

「……では、なにをすれば……」

「着いてからだ」

車窓の景色に視線を移して、遥は一方的に話を打ち切る。

気になるが仕方がない。佳人も自分の側の窓から混雑した幹線道路を眺め、いろいろと思い悩むのをやめることにした。身の振り方を他人に決められる境遇には慣れている。

佳人は自分が遥のものだと自覚していた。結局は遥の意思に黙って従うしかない。不安はあるがどんなことにでも人は慣れるのだということを知っていた。


黒澤運送株式会社、というのが遥の経営するトラック運送会社の正式名称だった。

佳人は遥の後に従って、雑然とした一階の事務所を奥までついていく。事務服を着た女子社員たちが興味津々といった顔で佳人を見ている。

フロアの最奥に机を三つ合わせたブロックがあり、窓際の大きめの机に五十代と思しき男が座っている。彼は遥たちに気づくと立ち上がった。

「柳《やなぎ》係長、ちょっといいか」

遥に促され、三人はパーティションで仕切られた向こう側に入った。そこは簡易応接スペースになっていた。

「この前ちょっと話していた件だが、こいつを試しに使ってやってくれないか」

「山田《やまだ》の代わりにですか」

柳はあからさまに困惑した顔になる。小さな目で眼鏡越しにじろじろと佳人を品定めするように見て、首の後ろをボリボリと掻く。

「社長もご存じのはずですが、山田は猛者《もさ》だったんですよ。経験もありましたしね。こちらは今までどういうお仕事をされてたんですかね？」

「ちょっと訳ありでな。俺が自宅の家事手伝いをさせていたんだが、今週からまた家政婦を入れることにしたんで、外で働かせようと思うんだ」

「でしたらもっと……たとえば『メイフェア』あたりで事務でもしてもらうほうがいいんじゃないですか。いや、こちらをばかにしているわけじゃないんですよ。ただ、運送会社の事故係にはあまりにも不向きな気がしますんでね」

佳人は口を挟まずに二人の遣り取りを聞いていた。

どうやら柳は事故係という部署の係長らしい。佳人にはそれがどういう仕事を担当するところなのか、なんとなく想像がついた。自社のトラックが事故を起こしたとき、先方や保険会社と連絡を取り合って窓口になる、渉外担当の部署なのだろう。

大型トラックが事故を起こせば、責任の度合いに差はあっても、加害者になる確率が圧倒的に高い。つまりかなり多くのケースで加害者側の代理人として動かなければならないということなのだ。佳人にも柳が渋る理由が察せられた。前任者であろう山田のことをわざわざ「猛者だった」と持ち出したのも、そういうことなのだ。

「あっちは四月一日付け採用の新卒を五人も雇ったばかりなんだ。電話に出るのは綺麗な声の女の子に越したことはないからな。べつにセクハラのつもりじゃないぜ」

遥はわざと戯《おど》けたことを言い、柳の眉間に浮かぶ縦皺を引っ込めさせようとしたらしいのだが、あまり成功していなかった。

「儂の見たところ、秘書なんてのが似合いそうですがねぇ」

「秘書はもういる」

「いや、浦野さんがいるのはわかってますけど」

柳は太い腕を胸の前で組み、うーん、といかにも難題を押しつけられたような唸り声を出す。

このまま黙って座っていても埒《らち》があかない気がして、佳人は遥をちらりと見た。遥のほうは佳人に一瞥もくれなかったが、結局これは自分の問題だと思い、柳に話しかけた。

「わたしではどんなにがんばっても務まらないでしょうか？」

「え？」

唐突だったせいか、柳は不意を衝《つ》かれたようだ。腕を解いて体ごと佳人に向き直る。それまではずっと遥を真正面にしていたのだ。

「失礼しました。久保佳人と申します」

「柳厳吾《げんご》です。名刺も出さずにいて申し訳ない」

柳はあらためて佳人に名刺を差し出してくれた。

「事故係というのは、ある程度神経が図太くないとできない仕事だからね。なにか起きたら昼夜を問わず事故現場に駆けつけないといけないし、事故直後の惨状を見たり、相手が死亡したりしたあかつきには香典持って頭下げに行かなきゃならない。辛いよ。もちろん通常だと事故を起こした運転手も一緒だが、場合によっては警察に留置されていて出られないケースもある。そんな時でも代理として先方の罵りを浴びてこなきゃいけないんだ」

「はい。わかります」

佳人は神妙に返事をする。

確かに大変な仕事だと思った。

「香典はねつけられて塩まかれるなんて当たり前、場合によっては物まで投げつけられる。あんたみたいな若くてなんでもやれそうな人が、なにもわざわざそんな仕事を選ばなくてもいいんじゃないかと儂は思うんだが」

「大変なお仕事なのは承知しました。経験はありませんが一生懸命やります。どうか雇っていただけないでしょうか」

「いや、だから……社長にもっと他の仕事を紹介してもらいなさいよ。悪いことは言わない」

「お願いします」

「もったいないって言ってるんだよ」

柳は本気で困っており、ふんぞり返って二人の遣り取りを見ているだけの遥に助けを求める。

「社長。あなたならうちじゃなくてもいろいろと伝手《つて》がおありのはずでしょ。なんでもっと楽なところを紹介してやらんのですか。今時こんなにきっちり礼儀作法をわきまえた、頭の切れもよさそうな青年はなかなかおらんですよ。どこでも引く手あまたでしょうに」

「甘やかしてもいいことはない」

遥は突き放すようにそう言い、背凭れから背中を起こす。

「苦労は買ってでもしろと昔から言うじゃないか。こいつはこう見えてなかなか根性が据わった男なんだぞ。山田にも決して引けを取らないさ。真面目で陰日向なく働くのも保証する。とにかく試用期間だけでも雇ってみろ。それで使えないとあんたが判断したなら、他をあたる」

そこまで言われれば柳も折れるしかなくなったようだった。どちらにしても雇い主として最終的な人事権を握っているのは遥なのだから、柳が意見できるのにも限界がある。

「まぁそうまでおっしゃるなら」

佳人は頭を下げて、よろしくお願いします、と言った。

柳の顔はまだ幾分煮えきらない感じだったが、やれやれ、と溜息をつきながら頷いてくれた。

とりあえず今日のところは挨拶と入社の手続きだけをして、正式な勤務は週明けからということになった。内勤者を集めて、遥が佳人を皆に紹介する。皆物珍しそうに佳人を見ていた。女の子は恥ずかしそうに顔を伏せていたりもする。その後に一人ずつに挨拶して回ったが、皆人のよさそうな社員ばかりだった。

総務の女の子が佳人に会社内を案内してくれることになった。

佳人が彼女についていっている間、遥は柳とお茶を飲みながら何事か話し込んでいた。


「はっきり言って儂は不賛成ですよ」

「まぁ、もう、そう言うな。俺もこれまでよりもっとここに寄るようにする。あんたに迷惑はかけない」

「迷惑なんかどうでもいいんです」

柳はぶすっとして遥の言葉を遮るようにして言う。

「あんな綺麗な顔をした若い男をいきなり連れてきて、レスラーみたいな強面《こわもて》だった山田の代わりにしろなんて、無理もいいとこです。なにも久保くんが役に立たないとか、使えないと言っているわけじゃないですよ。そうじゃなくて人には適材適所というもんがあるんです」

そのセリフはさっき遥自身が佳人にうそぶいたのと同じだったので、遥は笑いそうになった。

「さっきも言ったがあいつを甘やかしたくないんだよ、柳さん」

「甘やかすとか甘やかさないとかの問題ですか。今からでも遅くないから、社長付きの秘書にでもしたらどうです。秘書が二人いてもいいでしょ。浦野さんだっていろいろ忙しそうだし、部下がいると楽になるんじゃないですか」

「浦野とあいつはあまり一緒にいさせたくないんだ」

どうして、と柳は訝しそうに眉を顰《ひそ》める。

「浦野も悪いやつじゃないんだが、ちょっとなにを考えているのか計り知れないところがある男だからな。それに浦野は今後秘書業務に専念させて、俺のボディガードは別に雇うことにした。浦野の仕事も少しは楽になるはずだ。一日中俺に張りついていなくてもよくなるんだからな」

「……なんだかよくわかりませんが社長も大変そうですな」

柳は軽く溜息をついた。

「さっきはえらく久保くんの前で突っ張っていたみたいだし。今日の社長はとびきり虫の居所が悪いのかと思っちまいましたよ。でも儂と二人になるとそうでもない。社長は少し働きすぎでゆ

「そうかもしれないな。いろいろと手を広げすぎたのかもな。……俺はずっと仕事一筋みたいな人間だったから」

「だった、ってことは、今後は改める気があるわけですか」

過去形なのには意味があるのかと言いたげな目で柳が遥を探るように見る。

さすがは元損保会社の保険調査員だ、と遥は思った。鋭い。そして些細なことも聞き逃さない。

「どうだろうな」

遥が薄笑いを浮かべながら顔を背ける。

「そろそろ過去形にしてもいいかと思っただけだ」

含みを持たせてそう付け加えた。

佳人が女子職員と談笑しながら戻ってきたのが目に入る。

「せいぜいあいつを鍛《きた》えてやってくれ。あんたが一番適役だと思ったから任せるんだ」

会話の最後に遥は真剣な表情で柳にそう頼んでおいた。

柳はまだ完全に納得してはいないらしく、いかにも不承不承という感じで頷いた。

四月半ばの月曜日から佳人は黒澤運送の事故係として勤務し始めた。

新しいボディガードを雇った遥は、浦野を屋敷から出して借り上げ社宅に入らせ、毎朝八時に車で迎えに来させるようにした。当然ながら一社員の佳人が社長と同じ車で出勤するわけにはいかない。佳人は遥よりも一時間早く家を出て、バスと電車で通勤することになった。もう遥は佳人に、逃げたらどうなる、という脅しはかけなかった。佳人に逃げる気などないことを充分承知しているのだ。

事故係は柳と佳人の二人だけだ。初めて会社に来たとき、机が三つ並んでいたので三人かと思っていたのだが、どうやら一つは元々空席だったらしい。

九時から二時まで柳の下で指導を受けながら働いて、その後は近くの自動車教習所に通う。免許は一ヶ月以内で取れと、遥に厳命されていた。取れなければ会社も辞めさせて、もっと辛い仕事に回してやると言われている。遥が本気なのは目を見ればわかった。

「社長は叩き上げの苦労人だからな。自分にも他人にも厳しいんだ」

柳がボソリと言ったことがある。

佳人は遥の生い立ちなどほとんど知らない。柳の一言で、いったいどういう人生を歩いてきた男なのだろうと、想像せずにはいられなくなる。

「儂もそんなに長い付き合いじゃないから噂程度しか知らんがね。小さい頃に親が蒸発して置き去りにされたらしいよ。社長が八つで、弟さんが五つのときかな」

「社長に弟さんがいるんですか？」

初耳だったので佳人はびっくりして聞き返した。

「もう死んでるそうだけどね」

柳もあまり詳しくは知らない、と言う。

「なんだかなぁ、高校出るまではそれこそ親戚中を盥《たらい》回しにされて育ったらしいよ。高校も大学も奨学金とバイトして得た金使って自力で卒業したって話だ。それが今じゃあんな立派な家まで建ててさ。あの家は三億の豪邸だよ。儂らも何度か上がらせてもらったことがあるが、あの十二畳ある客間はすごい。その隣の応接もすごいが、もう皆溜息しか出んかった」

書院の間のことを柳は興奮して語ったあと、佳人もそこに住んでいることを思い出したようだ。

「少し前から、社長が仕事が退けた途端にいそいそと帰宅する、さては女か、って噂が飛び交ってたが、蓋を開けてみればあんただったんだなぁ。なるほどね」

なんだか複雑そうである。

小さな目を眇《すが》めて佳人をじっと見て、弟さんを思い出すのかね、と呟く。ごく低い声だったが、佳人にははっきりと聞き取れた。

ズキリ、と心臓が痛む。

遥が佳人の中に他の誰かの影を追っているとは、考えたこともなかった。

「ま、あとは嫁さんだけだよな。そのうち落ち着いたらそっちにも気が回るだろ。あんたもしっかり働いて早く社長を安心させてやりなさい」

柳は遥と佳人の関係をなにも邪推しない。それに佳人の過去を聞こうともしないのだ。仕事さえきちんとしてくれればいいという考えなのだろう。

事故が起こったらどういうふうに行動すべきかを、柳は最初の一週間をほとんど佳人のために費《つい》やして、懇切丁寧に教えてくれた。ちょうどその間は小さな接触事故が一件あった程度でまぁまぁ平穏だったため、余裕があった。

「大切なのは相手に誠意を持って接することだ。特にうちの運転手が加害者になった場合だが」

柳はそのことを特に熱心に佳人に繰り返す。

「事故係の儂らにしてみれば、自分が実際の加害者ではないという気持ちがどこかにあるかもしれないが、被害者の家族からしてみれば、同じ会社の人間だ。誰が運転手なのかなんて動転していてわけがわからなくなっている場合も多いからな。辛いだろうが我慢して頭を下げて帰ってきてくれ。あんたは辛抱強そうだから心配ないとは思うが」

「肝に銘じておきます」

「うん、うん。いつもその謙虚な気持ちで臨《のぞ》んでくれ」

たまには遺族や重症患者の家族から人間扱いされなかったりもする、と柳は苦しそうに自分の経験談を聞かせてくれた。菊の花で顔を叩かれたり、物を投げつけられて眼鏡を割られたりと、そんなことも一度や二度ではないと言う。

「普通ならそういうことされたら警察だ、ってことになるんだろうけど、儂らにはねぇ、こっちが加害者なんだって引け目がつき纏うから、なにされたって黙っているしかないんだ。気持ちの問題だよ。理不尽とは思うけど、人間は理屈だけでは行動できないからね」

「最初はあまり役に立てないかもしれませんが、しっかりやります」

「あんたが甘い気持ちでいるわけじゃないってことは、儂にもよくわかる。がんばってくれ」

柳は細かいことにごちゃごちゃと拘《こだわ》らない、きっぷのいい男だった。

遥が柳に任せようと思ってくれたことを、佳人は感謝しなければいけないだろう。

二時から教習所に行かせてもらい、五時にまた事務所に戻ってくると、柳はたいてい書類の山に囲まれて、電話で先方や運転手の家族、保険会社などと喋っている。目の前の灰皿は吸い殻で山盛りになっており、佳人が灰皿を交換すると、目だけ上げて「おう、帰ったか」という表情を浮かべて応えてくれるのだ。

早く免許取得を果たして、柳の手伝いをしなくては、と思う。幸い学科も実技も順調にこなしている。この調子でいけば最短で取れそうだった。

そうして十日ほど経ったとき、柳は退社後に佳人を居酒屋に連れていってくれた。

それまでは仕事が終わると真っ直ぐに帰宅していた。通いの家政婦さんが夕飯の準備まですませておいてくれるので、前のように遥のために料理をする必要はないし、そもそも遥はもっと遅くにしか戻らないのだが、なんとなく気が引けて寄り道するのを躊躇っていた。

しかしこの時は、柳に半ば強引に引っ張っていかれ、断るに断れなくなったのだ。

「社長はあんたが多少酒飲んで帰ったって怒りゃしないよ」

柳はかなり強引に佳人にビールを勧めつつ、呆れたように言う。佳人のことを世間知らずのお坊ちゃん育ちで、ろくに遊び方も知らないのだと思ったらしい。それは確かに当たっているが、まさかヤクザの囲い者だったからそうなのだ、とは考えも及ばないだろう。

「これからは仕事であちこちに行かされるんだ。事故はこの近辺だけで起こるもんじゃないからな。泊まりになることもあるんだぜ。社長だってそれ承知で連れてきてんだから。そうそう毎日幼稚園児みたいにきちんきちんと家に帰るこたぁない」

「おれはべつに……」

「ほら、ぐっと空けちまいな」

佳人の言葉を遮り、柳はコップに注いだビールを呷らせる。飲んだ端からまたコップをいっぱいにされた。

「あんたもようやく事務所の空気や儂に慣れてきたみたいだな。最初ずーっと、わたしは、わたしがって丁寧に喋られてたときには、背中がムズムズしてこっちまで畏まりそうになったぜ。もちろん畏まるにも畏まるだけの語彙《ごい》を持ち合わせていなかったけどさ」

「慣れてなかったのでどう喋ったらいいかわからなかったんです」

「そうみたいだな」

柳も自分のコップを一気に空にする。

「まぁ、二十七になるまで一度も働いたことがなかったってのも驚きだが、そこはそれ、個人の事情ってもんがあるからな。社長がこんだけ惚れ込んでんだから、あんたもただ者じゃないんだろうし」

佳人はびっくりした。

「社長はおれに惚れ込んでなんていませんよ」

「惚れてるよ」

柳はあまりにもあっさりと断言する。疑う余地もない事実のような感じだった。

それはどうなのか、と佳人は思う。

最近の遥は、毎晩深夜に帰ってくる。たいてい飲んでいるし、香水の残り香を纏いつかせていたりもする。もちろん女物だ。以前のように佳人が玄関まで出迎えてもお義理程度にしか口を開かないし、ひどいときには目を合わせようともしない。それでも話しかけようとすると、煩そうに顔を顰めてさっさと書斎に籠もってしまう。書斎や寝室は佳人の立ち入りを許されない場所なので、遥がそこに行ったということは、佳人と顔を合わせていたくないという意味なのだ。傷つかないと言えば嘘になる。

遥は佳人に、仕事のことも免許のことも尋《たず》ねない。会話らしい会話はほとんどないのだ。

それでも佳人はできるだけ平静を保ち、機会をみては遥に話しかけた。

しかし昨夜、たまたま風呂場に向かう遥と出会《でくわ》したので、思いきって「背中を流しましょうか」と言ったところ、ものすごく冷ややかな口調で「もう女に流してもらった」と返された。一瞬意味がわからなかったが、遥が苛々したように「シャワーを浴びるだけだ」と言ったので、今夜はもう外で一度風呂に入ってきたということなのか、とやっとわかった。

もうおまえは用無しだ、と言われたようで、結構ショックだった。

近頃なにかにつけてこんな調子で、今の遥はどんな意味でも佳人に興味を持っていないような態度なのだ。

佳人はそれがどうにも寂しくて、これ以上遥との距離が広がるのが嫌で、別段望まれているわけでもないのに毎日早く家に帰っていた。遥になにかを求めたり期待したりしているわけではないが、無視されるのは辛い。できるなら少し前までの穏やかな関係にもう一度戻りたい。

そんなふうだから、遥が佳人にどんな意味でも惚れているなどとは考えられなかった。

「おれはもうすぐ社長の家を出ると思うんです」

佳人は半ば以上本気でそう思っていた。

「そうか」

柳は抑揚《よくよう》のない声でそれだけ返す。

「今度なにか事故が起きたら、俺も同行させてください」

「あんたがちゃんと免許を取ったあとでならな」

「免許は取ります。あと十日以内に必ず取ります」

柳は佳人の負けず嫌いな一面を気に入ったようだ。

「その心意気だ」

佳人はまた「飲め」とグラスを持たされた。そろそろ酔いが回り始めていたが、ここで飲めないと拒む気にはなれなかった。満たされたグラスを半分までは飲んでしまう。

「あんたはいい男だぜ、久保」

柳が佳人の手からグラスを取り上げる。そして残りを自分が飲み干してしまった。

誰かとこんな場所で飲んだのは初めてだったが、佳人は今夜ついてきてよかったと思い始めていた。たぶん柳は、なんとなく行き詰まっている佳人を察したのかもしれない。

柳と別れて電車に乗ったのは九時過ぎだった。

遥は今夜に限って早めに帰宅したようで、家に明かりがついている。周囲を高い塀に囲まれている上、庭が広いので、敷地内に入るまでわからなかった。

躊躇いが頭を擡げてきたが、佳人の帰る場所はここしかない。

腹を括《くく》って玄関の引き戸を開けた。

玄関から左に進むと階段がある。反対の右手には応接室の引き戸が見えており、そこの右隣が遥の書斎になっていた。

佳人は自室に行くため茶の間の前を通り抜けて階段に向かった。

ちょうど階段の一段目に足をのせたとき、左手の洗面所のドアが開き、バスローブ姿の遥が姿を見せる。

「あ。すみません、遅くなりました」

遥と目が合ったので佳人はただいまの挨拶代わりに謝った。

遥は鋭い視線で佳人を一瞥する。不機嫌極まりない顔をしていたから、佳人はまたこのまま無視されるのだと思っていた。

しかし今夜の遥は佳人を顎で呼び寄せた。

「飲んで帰ったのか」

「はい」

「いい身分だな」

「すみません」

「誰が謝れと言った」

佳人は困惑して返事ができなくなり、俯いてしまうしかなくなる。どんな返事をすれば遥が納得するのかわからない。

俯いた佳人に遥はさっさと踵を返してしまい、階段と反対方向に歩きだす。

「明日からしばらく出張する」

少ししてから、遥がたった今思い出したというふうに付け足した。

佳人が慌てて顔を上げたときには、遥はすでに廊下を書斎の方に曲がっていくところで、後ろ姿も半分しか見えなかった。

のろのろした足取りで部屋に上がった佳人は、遥の気持ちが少しも汲《く》みとれず、いろいろと考え込んだ。

一時期はとても穏やかで落ち着いた関係だったのに、なぜ遥が手のひらを返したかのように佳人に冷たく当たるのかわからない。なにか遥の気に障《さわ》ることをしただろうか。それとも誰かになにか言われたのだろうか。

もしかすると、あのことだろうか。あの、花見の晩の出来事。

遥の態度が頑《かたく》なになったのはあれ以来だ。

佳人は明け方近くまで眠れず、寝返りばかり打っていた。

おかげで次の朝はいつもより寝過ごしてしまった。

すでに遥の姿はない。

今日帰ってきても遥はいないのだと思うと、ホッとするような寂しいような、複雑な気分になる。

佳人が台所の作業台に置いてある封筒に気づいたのは、出掛ける間際のことだった。せめて牛乳だけでも飲んで出ようと思って冷蔵庫を開けに行って目に留まったのだ。

封筒の表書きは「小遣い」となっている。開けてみると一万円札が十枚入っていた。

最初の給料日は月末で、あと十日ほど先だったが、佳人は今月途中からしか働いていないのでもらうにしてもたかがしれていた。

遥は佳人が勤めだす前にも、何万か入った財布を無造作に受け取らせた。そのお金を少しずつ崩して毎日のお昼代や付き合いのお茶代にしていた。まだだいぶ残っているが、昨夜のように飲みに行く機会が増えれば、それでは足りないだろうと遥に思われたのだ。

気を遣わせて悪かった、と佳人は申し訳ない気持ちでいっぱいになった。

同時に、遥は完全に佳人を切り捨ててしまったわけでもないのだとわかって、沈み込んでいた気分が少しは浮き立ってきた。

佳人は柳に約束したとおり運転免許を取得した。柳はエラの張った浅黒い顔を綻ばせ、「そうか、よかったな」と喜んでくれた。遥にもいちおう報告したのだが、こちらは眉一つ動かさずに「ああ」と返事をしただけだった。小遣いの礼を言ったときには返事もしなかったので、それに比べるとまだましだったが、相変わらず取りつく島もない。

遥とはずっとすれ違いのような生活が続いていた。朝は佳人が支度している間ずっと書斎にいて出てこないし、夜は午前様で帰ってくる。佳人が布団に入った頃に狙いを定めているかのようなのだ。

佳人は遥が無理をしているようで気が気ではなかった。

そんなに自分と顔を合わせるのが苦痛なのなら、と思い、まず夜出迎えるのをやめた。そして部屋からなるべく出ないようにする。それなら遥も少しは早く帰宅すると思った。部屋も以前浦野が使っていた洋室と替わった。遥はそれにも「好きにしろ」とぶっきらぼうに了承しただけだった。理由の一つも聞かない。洋室ならば遥の寝室と廊下を隔てた反対側になり、物音などもほとんど聞こえなくなると思ってそうしたのだが、遥にはどうでもいいことなのだろう。

花見の夜の一件がこれほど遥の自尊心を傷つけていたとは思わなかった。佳人はあれから何度も遥の態度が一変してしまった理由を考えたのだが、どうしてもそれ以外に思い当たらない。遥はあのときの自分の情動に、そして男に口淫させて果てた屈辱に、怒り狂っているのだ。月と桜と酒に負けてしまったのが悔しくて仕方がないのだろう。

佳人が察して拒絶すればよかったのかもしれない。

遥がいずれ後悔して自己嫌悪に陥《おちい》るだろうことを予測して、その場はどんなに罵倒されても、断ればよかったのだろう。

だが、あのとき雰囲気に酔っていたのは佳人も同じだった。

遥に着物の前を開いて昂りを見せられたとき、吸い寄せられるようにして手を伸ばしていた。遥を楽にしてあげたかった。

もうすんでしまったことを今さらどうのこうの言っても仕方がない。

夜もなるべく顔を合わせないように努めだしてからは、さすがに遥も佳人の意図に気づいたらしい。前よりは早く帰宅するようになって、佳人はホッとした。

たまに九時くらいに帰ってきた物音がすると、顔を見に下におりていきたい衝動に駆られたが、それで元の木阿弥《もくあみ》になっても困る。

半年ほど様子を見てそれでも遥が変わらないなら、ここを出ていく話をしよう、佳人はそこまで決心している。遥も賛成するだろう。身請け金の一億については話し合うしかない。

プライベートはそんなふうで、まだしっくりとはいっていなかったが、仕事のほうは少しずつ現場に出してもらって経験を積んでいきつつある。

ゴールデンウィークを過ぎた頃、柳のもとに一本の電話がかかってきた。

柳がひどく難しい顔つきでしばらく話し込んでいたので、これはなにか大きな事故が起きたのかと構えた佳人だったが、案の定だった。

「うちの四トントラックが五十代の男性を轢《ひ》いたらしい。相手は意識不明の重体で大学病院に運ばれた。死ぬか生きるかの危険な状態だそうだ。病院に行ってくる」

「一緒に行きます」

柳は咄嗟《とっさ》に断ろうとする素振りを見せたが、佳人のきっぱりした顔を見て思い直したようで、よし、と頷いた。

「とにかく、誰になにを言われてもおまえは黙っていろ。もし摑みかかってこられたりしても、相手の気が静まるまで冷静に対処するんだ」

「はい」

佳人はしっかりと柳の言葉を反芻《はんすう》しながら返事をする。

「運転手は警察に連れていかれているから、とにかく今日のところは儂とおまえとで矢面《やおもて》に立たなきゃならん。耐えろよ」

「わかりました」

佳人がもう一度真剣な表情で答えると、柳も当面それ以上注意しておくことはないらしく、足早に歩きだす。佳人は柳の背後に続いた。

社用車のハンドルは柳が握り、すぐに病院へ向かう。

狭い軽自動車に二人並んで座っていても、柳はいつもとは打って変わって深刻な顔つきのまま前方を睨み据えている。

「大体の事情を聞いたところだが、明らかにうちが悪いみたいだ。スピード違反で横断歩道に突っ込んで、横断中の被害者をはねたらしい」

「信号のない横断歩道ですか」

「そうだ」

弁解の余地もない。百対ゼロでこちらの責任になるだろう。はじめに柳が佳人を連れていくことを躊躇ったのもわかる気がした。

佳人は膝の上にのせていた手をぐっと握りしめる。

こんな事情なら誰でも病院で被害者や家族と顔を合わせたくはない。しかし誰かが行って、運転手の代わりに誠意を示さなければならない。そして明らかにそれは柳と佳人の仕事だった。

被害者の男性はＩＣＵに入っていた。

柳が加害者の関係者だと名乗って医者に容態を聞くと、医者はつべこべ言わずに二人に入室を許可する。

佳人は医者と柳の表情を見て、これは助からないのだろう、と思った。集中治療室に、身内以外の人間の入室を簡単に許可するのは、すでに匙《さじ》を投げているケースが多いと聞く。

入り口で白衣を着て、マスクと帽子もつける。そして手の消毒もすませてから中に入っていくと、体格のいい男性が機械に繋がれていた。

二人は無言でしばらく目を閉じたままの男性を見ていた。

五十いくつといえば、そろそろ定年を間近に控え、長年連れ添った妻と第二の人生を迎えようかという歳である。それがいきなりこうした姿になったのだ。今朝家を出るときにはまさか自分がこんな場所に寝かされるはめになるとは考えなかっただろう。送り出した奥さんの気持ちを考えると、やりきれない気分になる。

柳に促され、ＩＣＵを出る。

外にいた医者に柳が容態を聞く。もってあと一日か二日、という話だった。

そのとき、中年の女性と、高校生くらいの男の子が廊下を急ぎ足で駆けてきた。

「どうなんですかっ、どうなんですか、うちの人！」

被害者の妻だろう女性が医者に縋りつかんばかりにして詰め寄る。

医者がさっき柳に説明したのと同じことを、彼女にはいくぶんオブラートに包む形にして伝えていた。

妻と息子も中に入っていき、十分ほどして真っ赤に泣き腫らした目をして出てくる。

医者はどこかへ行ってしまっていた。

「あんたたちがうちの人をこんな目に遭わせたのっ！」

彼女はまず年嵩《としかさ》の柳に食ってかかった。

柳は佳人に言い聞かせたことを、身をもって実行していた。どれほど罵られようとも黙って受け止め、ひたすらに「すみません」「ご迷惑をおかけしました」と誠意を込めて繰り返す。

「なんで轢いた男を連れてこないのよ。どこに隠したの！」

「今警察で取調中なんです。戻ってきたら必ず一緒に連れてきます」

岩のように動じない柳の態度に業を煮やしたのか、彼女は斜め後ろに立っていた佳人にも摑みかかってきた。女性とは思えない力で胸ぐらを摑み上げられ、佳人は不意を衝かれたこともあってよろめいてしまった。しかしすぐに足を踏ん張って真っ直ぐに立ち直す。

「死んじゃうのよ、あの人。死んじゃうのよ。わかってんのっ！」

「奥さん」

「母さん！　もうよせよ」

柳と息子が同時に動いて、佳人から被害者の妻を引き離す。

彼女は息子に肩を抱かれたまま、号泣し始めた。

看護師が騒ぎに気づいて駆けつけ、どうかお静かに、と控えめながら諫める。

佳人と柳は一旦この場は辞することにした。

帰る道すがらは行きとはまた違った重たい空気が車内に充満し、二人の口数を少なくさせた。

柳は佳人を最寄りの駅で降ろすと、先に事務所に帰っていてくれ、と言う。

「儂の机の引き出しに葬式用のマニュアルがあるから、おまえはそれを読んでおくんだ」

「係長はどちらに？」

「警察に寄ってから事務所に戻る。社長にはおまえから連絡しといてくれ」

「わかりました」

葬式、という言葉が佳人をさらに憂鬱な気持ちにさせる。

取得したばかりの運転免許だが、運転することが怖いと思った。

通夜の間中ずっと、佳人は早くこの時間が終わらないかと願いながら耐え続けていた。被害者の親類たちから刺すような視線を浴びせかけられつつ、じっと隅の方に立ってお経を聞かなければならないのは、想像以上の苦痛だった。針のムシロという言葉があるが、まさにそれだ。

佳人の横には、柳と遥もいた。

佳人は青ざめた顔をしていたらしく、ようやくお経が終わったとき、柳に外に連れ出された。遥は遺族のもとに挨拶に行っていた。

「顔が青いぞ、大丈夫か？」

「すみません……大丈夫です」

「今夜はもう帰んな。明日また葬儀と告別式に出ないとならない。倒れたりなんぞ絶対できないんだからな」

「お焼香をすませてから帰ります」

「ああ。そうしてくれたらありがたい」

深く深呼吸してから、佳人はポツリと言う。

「でも、奥さんは思ったより落ち着いていましたね」

佳人にはそれが一番意外で、かつ安堵したことだった。病院でのあの取り乱しようから、通夜の席でもある程度荒れるのではと覚悟していたのだ。

「病院側がなんとか四日間命を繋いでいてくれたから……その間にだいぶ気持ちの整理をつけられたんだろう。保険会社も間に入って金銭的な面での話を進めたし。なにはともあれ、命の償《つぐな》いは最終的には金でするしか方法がない。もちろん儂らの誠意は絶対に必要だが、誠意を形にするのは金しかない。あの母子の今後の生活を保障してくれるものだしな」

「もし、金なんていらないと最後まで突っぱねられたら……そのときはどうしたらいいんですか」

「難しい質問だな」

柳は、その答えは自分にはわからない、と正直に返事をしてくれた。

「儂は損保会社に二十年以上いて、再就職先もやっぱりこういう仕事に就いた、この道一筋みたいな男だが、いつまで経ってもそれだけは答えられん。きっと一生答えなんて見つからないんじゃなかろうかと思っている」

それは人間の尊厳という深い問題に繋がっていくからだろうと佳人も思った。

お焼香を終えた人々がぞろぞろと外に出てきた。中には事故のことについてあることないこと噂し合っている人たちもいる。ひどい誤解をした言葉も飛び交っているようだったが、佳人は柳に教えられていたとおりに聞き流した。ここで揉めごとを起こすのだけは避けなければならない。

佳人たちも中に戻り、お焼香をすませた。

遥は遺族に乞われて通夜ぶるまいの酒席に同席しているようだった。

「ここは儂と社長の二人がいればいい。おまえさんは帰りな。帰って風呂にでも入れ」

佳人も素直に柳の言葉に甘えることにした。

「これが初めての経験なんだから、それにしちゃおまえはよくやった。よく我慢した。明日の葬儀はまた頼むからな」

柳の言葉に佳人は涙が零《こぼ》れそうになったが、必死に堪《こら》えて一礼した。

病院で会ったときより一気に白髪が増えたような被害者の妻を見るのは辛かったが、お悔やみの言葉をかけて、通夜の会場を後にした。


辛くてもそれが自分の仕事なら全力を尽くすしかない。

佳人は一生懸命だった。

見習いとして柳についてまわり、何度か現場を体験したあとは、いよいよ一人で行動することになる。最初は些細な接触事故や物損のみの事故を任された。

黒澤運送は全国に八ヶ所の支店があるのだが、そのうち事故係を置いているのは仙台《せんだい》・東京・

名古屋《なごや》・大阪・福岡の五支店で、それぞれ地方単位で管轄している。佳人は東京支店の事故係なので関東地方一帯で発生した事故の処理をする。毎日何十台というトラックが行き来しているわけだから、事の大きい小さいを問わなければ、週に一、二件は事故の連絡が入った。先日初めて経験した死亡事故のようなのは稀《まれ》だが、それでも年に一度は起きるという。

大きな事故の場合は社長である遥も遺族と会ったりするらしいが、基本的には事故係が会社の代表としてすべての処理をする。

佳人の責任は重大だった。

遥とぎくしゃくした生活が続いているのも悩ましいが、任される仕事が増えるにつれ、そういうプライベートなことを気に病んでいる暇もなくなってくる。

通院や入院している被害者の見舞い方、保険会社との折衝《せっしょう》の仕方、交通安全センターでの累積点数表の取り方、見方など、新しく経験したことがあるたびにスポンジが水を吸い込むような勢いで覚えていく。覚えて体に叩き込んでいかなければ、避けられる事態も避けられなくなるから、必死だった。それは会社のためであり、なにより自分を守るためでもあるのだ。

五月は毎日が慌ただしく過ぎていく。

唇を嚙みしめて耐え忍ばなければならないことも何度もあった。持参した花束を踏み躙《にじ》られてこんなものではなく金を持ってこいと迫られたり、手近な本を投げつけられたり、土下座しろと命じられたりした。

それで相手の気が少しでも収まるならと、佳人は逆らわないようにしている。脂ぎった中年の男に好色そうな目つきで全身を舐めるように見られ、寝たきりで退屈だからしゃぶらせろなどと言われたときには、さすがに佳人も面会を早めに切り上げて出てきたが、ほとんどは忍耐強く我慢することのほうが多い。

病室や訪問先で患者や家族に無理難題をふっかけられるのは、葬儀に出て死んだ被害者と遺族を見るよりも、まだ楽だった。小さな子供を残して死んだ親の葬式など見たくない。幼いわが子を亡くして取り乱して泣き喚《わめ》く両親を見るのも嫌だ。それに比べたら、一命を取り留めてくれた被害者になんと罵られようがましである。

感情的に納得できないと言い張る女性の許には日参して頭を下げ続けた。

たまには自分がひどく惨めになってしまうときもある。そんなときは、もっと辛かった記憶を思い出して耐えた。あれに耐えられたのだから、こんなものはまだ序の口だと自分に言い聞かせるのだ。

本当に苦しいのは肉体的な苦痛より精神的苦痛だった。

佳人は自分が両親を亡くしたときのことを考えると、今でも胸が詰まるほど哀しくなる。なんのために自分が香西の囲われ者になり、来る日も来る日も凌辱《りょうじょく》され続けるのに耐えていたのかと思うと、やりきれないのだ。結局一年後に自殺するくらいなら、最初から一緒に死んでくれと言ってほしかった。

今はもう死にたいなどとは思わないが、それもこうして遥が生きていく活力を与えてくれているからだ。

遥は佳人を、働いて誰かの役に立てるようにしてくれた。

佳人にとってそれは、自分が他人に必要とされている存在だと認識されることだった。

遥の家で家事をしていたときも、今ここで事故係をしていることも、同じである。

本当は香西の傍で香西の悦《よろこ》びのために尽くしていたときも、存在意義はあったのかもしれないが、なかなか認めることができなかった。認めるにはあまりにも淫蕩《いんとう》な生活をさせられていたのだ。

柳は、佳人の働きぶりを見ていると感心する、と言う。

「最初は三日ともたないと思った。社長にもそう言って渋ったんだ。だがあんたはやっぱり社長が連れてきただけあって、本当に打たれ強いな」

「そうですか? 少しは係長の手助けになっていますか? おれは失敗ばかりしている気がして、毎日反省しっぱなしですよ」

「手助けになるどころじゃない」

柳は佳人の背中をバンバン平手で叩く。太い手で遠慮なく叩くものだから佳人は前につんのめりそうになる。そういえば背中の傷もほぼ癒えていた。まだ幾筋か痕は残っているが、痛みはもうほとんど感じない。もっと傷が目立たなくなればロッカーで着替えられるだろう。今は出勤のときも作業着を着たまま電車に乗ってきている。喪服一式だけはいつも吊るしてあるが、幸運にもあれ以来まだ着ないですんでいる。

「ちゃんと期待した以上の働きをしているさ」

正面切って褒められると面映《おもは》ゆくなり、佳人は損保会社の担当と会ってきます、と言って椅子から立った。

ちょうどそのとき、遥が二階から事務所に下りてくるのが見えた。

遥はどうやら柳に用事があるらしくこちらに歩いてくる。今日も他の従業員たちと同じように作業服を着ていた。遥がバリッとしたスーツ姿を佳人に見せたのは、ずいぶん前が最後だった。そのくらいすれ違いの生活が続いているということだ。

「行ってきます」

「ああ、頼む。今日はそのまま直帰していいからな」

柳は佳人に送り出しの言葉をかけてから、遥に気づいたようだった。

「あ、社長」

「柳係長、ちょっといいか」

佳人は顔を伏せて目を合わせずに遥とすれ違った。

柳と遥が簡易応接スペースに入っていくのが、振り返らなくともわかる。

遥は相変わらず佳人になにも声をかけなかったので、佳人には振り返る理由がなかったのだ。

よくやってくれていますよ、と柳《やなぎ》は心の底から感嘆したように報告する。

遥《はるか》は僅かばかり顔が緩むのを止められない。

「そうか。それはよかった」

「この前は儂《わし》が何も言わないのに、道路交通法を読んで覚えてましたよ。儂もいずれ読ませるつもりだったんだが、言われなくてもどういうものが必要か、知識として持っておいたほうがいいかわかるんでしょうな。見込みのある男だと思いましたね」

「顔だけの男じゃないだろうが」

「まったくそのとおりだ。儂は感心することばかりですよ」

そういえば、と柳は思い出したような表情を浮かべる。

「久保《くぼ》は社長のお宅を出るそうですね？」

「なんだと？」

遥は思いもしないことを聞かれて、眉根を寄せた。

「あれ、違うんですか。確か以前久保がそんなことを言ってた記憶があるが……」

「俺は知らん。なにかの間違いだろう」

声が自然とぶっきらぼうになったので、柳はまずいことを言ってしまったのか、とバツの悪そうな顔になる。

遥は佳人《よしと》がそんなことを考えているとは思いもかけず、まともに不機嫌な顔をしていた。

「……本当にあいつがそんなことを言ったのか、柳さん」

「いやぁ」

柳は困ったように額を押さえる。

「たぶん、久保は社長の迷惑になっちゃいけないって、気を回してんだと思いますよ。自分のことより先に他人のことを考える男みたいだから」

「俺の迷惑？　誰が言ったんだ、そんなこと」

「誰も言いませんよ。少なくともうちの連中はそんなこと久保に言ったりしません。僕はてっきり社長と話し合ってるんだと思ってました」

「話してない。最近はなかなか話すような機会がないんだ」

それは嘘だった。

話す機会がないのではなく、遥がわざと作らないのだ。

そのことで佳人が悩んでいるのは知っているが、どうしても、どうしても佳人を前にすると、遥は無愛想でそっけない態度しかとれない。それが嫌だからいっそそのこと無視していた。

夜遅く帰るのも朝書斎から出てこないのも、佳人の顔を見れば冷たいことばかり言う自分に辟《へき》易《えき》するからだ。それと、あの綺麗《きれい》な顔を見るたびに、彼の唇の中に吐き出してしまった自分の欲望を、まざまざと思い出してしまうからだった。

男に欲情したことで自分を恥じているわけではない。

ただ、また同じことをすれば佳人に軽蔑される気がして、それが怖いのだ。

佳人を身近に置いて見ていると、息苦しい。

「同じ屋根の下に住んでんだから話くらいいくらでもできそうなもんですがねぇ。社長が久保を気に入っているのは儂には恥ずかしいくらいはっきりわかるんだが、どうも久保には思いもかけないことみたいなんで、一度ちゃんと話したほうがいいですよ」

でないと佳人はそのうち本気で出ていく決心をするんじゃないか、とまで言われて、遥は心中でかなり動揺した。

実際に佳人が遥の許しもなく出ていくはずはなかったが、出ていこうと考えているというだけでも許し難《がた》い。

遥が心を開いてやらないから、以前のように佳人に構わないから、佳人は遥に用無しにされた気がするのだろう。邪魔になったのならば出ていかないといけないと思ったのだ。

勘違いだ、と遥は怒鳴りつけたくなる。

付き合いでクラブに行き、女にベタベタと纏いつかれて閉口しつつも、午前を過ぎて帰宅するのは、べつに好きでしていたことではない。それしか時間が潰せなかったからというだけの話だ。

いつかは、背中を流そうなどと言うものだから、大いに慌てた。咄嗟《とっさ》に適当な言い訳を作り上げたが、自分でも呆《あき》れるような要領の悪さだった。きっと佳人には女と寝てきたのだと思われただろう。

ここで下手な強情を張っている場合でないことはさすがの遥にもわかる。

佳人を手放す気はない。

少なくとも今のところは、まだ手放せなかった。理由などはわからないが、佳人は遥の半身のような予感がするからだ。そんな気恥ずかしいことは佳人には決して言えないが、金でも例の見知らぬ小娘でも、佳人の足に枷《かせ》をつけられるなら、遥は手段を選ばないつもりだった。いざとなったら東原《ひがしはら》すら利用するくらいの覚悟ができている。

「儂はね、社長。社長の気が変わったなら、今からでも久保をお返ししてもいいんですよ。そりゃあ有能な人材は別に確保してもらわないとだめですがね。儂一人ではとても事故係の仕事全部を見きれない」

「その話はいちおう聞いておく」

遥は真っ向から否定するでなく、可能性を残した返事をする。

自分の気持ちが今後どう変わるか、遥自身にも予想できなかったので、保険のつもりだった。

「そうそう。それでいいんですよ」

柳がニヤリと笑う。

遥も苦笑いを返すしかなかった。

ドアをコツンと一度だけノックされ、佳人は訝《いぶか》しげに眉を寄せた。

今この家にずっといるのは遥と佳人だけだ。日曜日だが浦野《うらの》が遥を迎えに来ているのだろうか。それにしても、浦野が佳人の部屋を訪ねてくるとも思えない。

躊躇《ためら》っていると、痺れを切らしたような遥の声が廊下から聞こえてくる。やはりドアの向こうに立っているのは遥だ。

「開けるぞ」

佳人は慌てて自分からドアを開けた。

遥がシャツにジーンズといったラフな恰好でそこにいた。

久しぶりにまともに向き合い、佳人はドキリとする。細身のジーンズが形のいい長い脚を映えさせ、腕を捲り上げた白いシャツの胸元はボタンを三つほど無造作に外したまま、逞《たくま》しい胸板を覗《のぞ》かせている。健康的に灼けた弾力のありそうな肌は野生動物のように美しく、日頃から鍛錬《たんれん》しているのだな、と思わせられる。遥は実に美しい男だった。佳人はあらためてそう感じていた。

こうやって遥が佳人とちゃんと向き合って、目を見て話しかけてくれるのは、勤めだして以降初めてのような気がする。佳人は戸惑いを隠すのに精一杯で、自分からはなにも気の利いたことが言えない。

「出掛けるから来い」

遥は短く命じる。

行き先も目的も言わなければ、佳人の都合も当然のごとく聞かない。

「免許証だけ持ってこい」

「おれが運転するんですか？」

「そうだ」

これにはさすがの佳人も当惑してしまい、遥の真意を探ろうと鋭い瞳を見返す。

普段からあまり感情を露《あらわ》にしない遥は、瞳の色合いを微妙に変えたり、顔の筋を僅かに動かしたりする程度でしか、なにを考えているのか推察させない。

今佳人にわかるのは、遥がそれほど不機嫌ではなさそうだということだけだった。

「ベンツみたいに大きな車はまだ運転したことがありません」

「誰がベンツを運転させると言った。あれは社用車だ。浦野が自分の領域と決め込んでいる」

遥はさっさと階段を下りていく。

仕方なく佳人もついていった。

階下の茶の間には、浦野が来ていた。浦野は佳人と目が合うといかにも汚らわしいとばかりに顔を背けてしまう。嫌われるのには慣れているが、ここまであからさまなのは浦野くらいだ。香《こう》西《ざい》の許《もと》にいたときには、なにはともあれ親分の所有物だったので、面と向かってこんないかにもな態度を取る人間はいなかった。

「浦野、休日なのにご苦労だったな。俺はこいつと出掛けるからもう帰っていいぞ」

「どちらに行かれるんですか。運転しますよ」

「こいつにさせるから問題ない」

「いや、しかし！」

浦野はたちまち眦《まなじり》を吊り上げて不満をストレートに表した。

「初心者に社長の車を運転させるなんて心配です。わたしがお送りしますよ」

「いいんだ。ちょっとその辺までだから」

「社長！」

遥は浦野の言葉には耳を貸そうともせず、玄関で靴を履く。

佳人は浦野が気になるが、遥はどんどん先に行ってしまう。仕方なく佳人も靴に足を入れた。

「おい」

浦野が不気味な低い声で佳人の足を止めさせる。玄関を出ようとしていた佳人は浦野を振り返る。射殺しそうに佳人を睨みつける浦野の目は血走っていた。

「どうやってあの身持ちの堅かった社長に取り入った？」

「浦野さん」

「ずいぶん前に俺は見たんだぞ。おまえ、社長を奥の手で誘惑してやがったな」

ぐいっと腕を摑み寄せられ、よろめいてしまう。

浦野が佳人の右腕を背中に回させて捻り上げる。佳人は苦痛に呻《うめ》き声を上げかけ、すんでのところで唇を噛んだ。遥に知られたくない。余計なことで煩《わずら》わせて、今以上にうっとうしがられるのは嫌だった。

浦野はギリギリと腕を捻り続ける。腕と肩の痛みが耐え難いほどになってきた。

「う……」

「おまえなんかなぁ親父とお袋の後を追って首を吊ればいいんだ」

「放してください」

「俺は社長が心配でなにもかも調べ上げたんだ。おまえ、借金のカタに親に売られたんだってな。普通ならSMクラブかなにかで稼がせられるはずのところを、引き揚げ先の親分を色仕掛けでたらし込んで、贅沢三昧《ぜいたくざんまい》させてもらってたそうじゃないか。十年それで暮らしてきておきながら、親分を裏切って殺されかけたところを、今度はたまたま居合わせたうちの社長に縋《すが》って身請けしてもらったんだろうが。恥を知らないにもほどがあるぜ」

捻られた腕の痛みに耐えるだけでも佳人には相当な忍耐が必要だった。浦野に返事をする余裕はなく、たとえ余裕があったとしても、どんな返事もできない。浦野の言っているのは大筋事実なのかもしれなかった。客観的に見ればそういう筋書きになるのだ。

「出ていけよ、この淫売」

浦野が耳元にドスの利いた声を吹き込む。

そのとき、庭先から遥の苛立った声がした。

「なにをしているんだ、佳人！　さっさと来い」

遥からは二人の姿は見えなかっただろうが、浦野はすぐに佳人の腕を放した。

佳人は痛みに痺れている右肩を庇うようにしながらポーチを出て、前庭に立って待っていた遥の傍に走り寄る。

遥はじろりと佳人を一瞥し、左手で摑んでいた右肩に視線をずらす。佳人がさり気なく左手を下ろすと、目を眇《すが》めてなにか感じることがあったような顔つきになる。

「……ぐずぐずするな」

しかし、いろいろ聞かれるのかと構えた佳人に対して、遥が言ったのはその一言だけだった。

佳人は言い訳をせずにすんだことに安堵《あんど》すると共に、遥にどう思われたのか心配になる。浦野とうまくいっていないことくらい鋭い遥にはとうにお見通しだろう。それでも、腕を捻られたり死ねばいいなどと罵《ののし》られたりしたことは知られたくない。

車三台を楽に収容できるガレージには、先月から遥に新しく雇われているボディガードの鈴木《すずき》が待っていた。どうやら車の点検と整備をしていたらしい。驚いたことに、いつのまにか車庫には新しい車が来ている。遥が新車を買ったことなど佳人はまるで知らなかった。

「これならおまえでも運転できるだろう」

なるほどそれは二人乗りの国産車で、若葉マークの佳人にもどうにかできそうだった。遥が以前から個人で所有している車も、社用車のベンツ同様、二台とも大型の外車なのだ。一台はバリバリのスポーツカーで、もう一台は大型の左ハンドル車なので、どちらも佳人の手には余るところだった。

遥は新車の匂いがする車の助手席に座り、さっさとシートベルトを締めてしまう。

躊躇いながら佳人は運転席に座った。

「会社で軽しか運転し慣れてないので怖いかもしれませんよ」

「仕方がないだろう、おまえしかいないんだから。浦野は今日休みなんだ。急ぎの書類を届けてくれただけで、用事もすんだからすぐに帰る。鈴木も今日は午後から休みだしな」

「そうなんですか」

遥がこんなにきちんと佳人と会話するのも最近では稀《まれ》だ。

佳人は今日の遥がいつもとは違うのに驚きつつ、何があったのかと訝らずにいられない。

促されて車を車道に出す。

遥の指示に従い、道路を右に進んだ。

一度走り出せばすぐに新車のハンドルに馴染んだ。小さめの車だから運転しやすい。おまけにオートマチック車だから、一般道を走行している限りはアクセルを踏んでいればいい。

行き先を聞いても遥は教えてくれそうにない。

佳人はそう思って、黙って言われたとおりに車を走らせ続ける。

しばらくして国道を走り始めたが、道路が混雑してきてのろのろ動いたり止まったりの繰り返しが続くと、それまでは前方に顔を向けていただけの遥も退屈になってきたらしい。シートを少し倒して体を伸ばし、佳人の横顔をじっと眺める。

視線を感じて佳人は落ち着かなかった。

「ラジオをつけましょうか」

「いらん」

あっさりと突っぱねられる。

佳人が黙り込むと、遥はボソリと、うるさいのは嫌いだ、と言った。こんなふうにフォローがあるのも珍しい。やはり今日の遥はいつもとは様子が違っていた。

一昨日、柳と簡易応接スペースに入っていたとき、何か言われたのだろうか。

佳人にはそれくらいしか思いつかない。

「おまえ、俺に一億返す気があるらしいな」

「え?」

唐突すぎてなんのことかわからず、佳人は激しく狼狽《ろうばい》した。

助手席の遥はまた正面を向いており、端整な横顔は無表情なままだ。

「どうやって返すつもりだ？　一日に十人ほど客を取るか。それとも香西の親分を泣き落として、もう一度向こうに金を払ってもらうか？　いずれにせよまともな方法で綺麗な体に戻れるとは考えちゃいないだろうな？」

「どういう意味なのかわからないんですが」

「言ったそうじゃないか、柳のオヤジさんに。そのうち俺の家を出るとか？」

もちろん佳人は柳と交わしたその会話を覚えている。ちょっと前のことだ。あの頃は突然遥に無視され、かなり当惑していた。遥が自分をもう見たくないのならどこかに行くべきだろうと思っていて、それでそんなふうに言ったのだ。決して自分の希望ではなかった。

「いったい、どういうつもりだ」

遥は声を尖らせた。

「おまえは髪の毛一本たりとも自由にできない身分だということを忘れたのか。外に出してやったら途端にいっぱしの社会人気取りとは呆れる。言っておくがな、おまえの首など俺の気まぐれ一つで切れるんだぞ。また家の中のことだけさせて、しかも今度はスーパーに買い物に出るのも許さないようにしたっていいんだ。そうしてやろうか？　え？　そうすれば自分がどんな境遇にいるのかが身に沁みて理解できるんじゃないのか」

「出ていかなくてもいいのなら、おれはずっとあなたのところにいます」

佳人が本心からきっぱりと言い切ると、遥にも本気なのが通じたようだった。

「なぜ出ていかないといけないなどと思った？　俺がなにか言ったか」

もちろん遥はそんな言葉は口にしていない。

しかし佳人には、口に出して言われないまでも、遥が自分を見て苦しんでいるような気がして仕方がなかったのだ。今ここで花見の夜の出来事を蒸し返すわけにもいかないので、どう説明しようもなかったが、顔を合わせようとしなかったのは絶対に遥のほうだった。顔も見たくない相手と同じ屋根の下にいたい人間がいるとは思えなかった。

佳人がどう答えるか躊躇っていると、遥が苦々しそうに舌打ちする。

「ともかくさっきの言葉を忘れるな」

「はい」

遥はようやくスムーズに走りだした車窓に顔の向きを変え、流れる景色を見入るようにした。

「おまえは俺のものだ」

低い声で、ぽつん、と遥が言ったのが、しばらく佳人の耳に残った。


花屋があったら寄るように言われていたので、最初に見つけたとき、佳人は車を車道の端に寄せて一旦停めた。

「駐車場に……」

「いい。すぐに戻る。おまえは車で待っていろ」

遥は車が停まると同時に間髪容れずにドアを開け、あっというまに店に入っていく。

強引極まりなかったが、もう佳人も今さら驚かない。

言葉のとおりに遥は五、六分で戻ってきた。

手にしている花束は白と黄色の菊で作ってある。遥の外出の目的がやっと察せられた。遥は今日、墓参りに行くのだ。柳が、遥には弟がいたがすでに亡くなっている、と言っていたのを思い出す。

遥の弟はどんな人だったのだろう。

佳人はいろいろと想像しようとしたが、遥より三つ年下だったということしか知らないので、ほとんどなにも思い浮かばない。

車を車道に戻して再び走りだす。

「おまえ、兄弟はいなかったのか」

いきなり遥に聞かれる。やはり今から弟の墓に参るつもりなのだと確信する。

「おれは一人っ子でした」

「姉ちゃんか妹がいればおまえの運命ももっと違ってたんだろうな。まぁしかし、たとえいたとしても、おまえならやっぱり自分が親分のところに行ったんだろうな」

確かにそうした可能性は高い。

誰かが不幸になるのを見るより、自分が多少我慢するほうが、佳人には楽なのだ。もちろん叩かれれば痛いし、無理に抱かれれば屈辱を感じる。それでも、誰かの泣き声を隣で聞いているよりはましなのだ。自分の痛みは我慢できても他人の痛みは我慢できない。佳人はそういう気質だった。

目的地が近づいているのが、遥の指示が細かく頻繁《ひんぱん》になったことでわかる。

車は国道を離れ、何度か交差点を曲がり、小高い住宅地を越えた先にある山の中腹に向かっていた。そこには遠目からも墓地が広がっているのが見える。公共の共同墓地のようだった。

佳人が車を停めると、遥はエンジンが切られるまで待ってから深呼吸を一つし、ようやくドアを開けた。そんな遥の様子に佳人は、遥がここに来るのは久しぶりなのではないかと感じた。よほど弟の死が心に重くのし掛かっていて、まだ昇華《しょうか》できていないのではないだろうか。

佳人自身は両親の墓参りをしたことがない。

墓がどこにあるのか、香西は教えてくれなかった。たぶん教えてくれたところで連れていってはくれなかっただろう。墓の場所を教えれば佳人が抜け出して参りに行き、最悪そこで自殺するのではと思ったのかもしれない。

昼夜を問わず見張りが付けられだしたのは両親が自殺してからだった。それまでは佳人には二人のために逃げられない状況があった。その足枷がなくなった以上は、いつ逃げるかわからないと警戒したのもわかる。もっとも十年もおとなしくしているうちに、その警戒心にも緩みが出てきていたようだ。だから佳人も閉じ込められていた女の子を逃がしてやることができたのだ。

そんなわけで墓参りに来たのは初めてである。

遥もあまり慣れているふうではなかった。

墓守から手桶と柄杓《ひしゃく》を借り、水道の水を汲《く》んでいく。遥は何度か立ち止まっては、墓石に刻まれた名前を確かめていた。墓の場所すらよく覚えていないということは、ともすれば納骨して以来一度も来ていなかった可能性もある。

佳人は弟の死に関して何か事情があるのだと気づく。幼い頃に兄弟二人で置き去りにされ、そのたった一人の弟が死んだのに、ろくに墓にも参っていないというのは尋常ではないだろう。

墓は隅の方にやっと見つかった。

佳人は後ろからついていったのだが、遥にお供えの花を預けられ、花生けに水を汲んで菊の花を綺麗に挿《さ》した。その間に遥は墓石に水をかけて清めていた。墓守が定期的に掃除をしているだけだったらしい遥の弟の墓は、花を供えて線香を立てると見違えるように綺麗になった。

手を合わせて墓の前で参る遥は、どこか吹っ切れたような感じがする。ここに着いたばかりのときにみせた憂鬱《ゆううつ》で億劫《おっくう》そうな表情が消えている。

佳人も手を合わせた。

「少し話をしてもいいか」

墓の前に立ったまま遥が穏やかな声で佳人に前置きした。

佳人が頷くと、くるりと背中を向け、眼下に連なる住宅の屋根を眺めながら話し始める。

「俺の弟は茂樹《しげき》といった。三つ下だから生きていればおまえより二つ年上になる。おまえ同様になかなか綺麗な男だった。俺とはまるでタイプが違ってな。性格も違っていた」

茂樹は堪《こら》え性のないわがままな弟だったらしい。

遥たちの両親は、茂樹が小学校に上がる前にまず父親が蒸発し、母親もある晩二人が寝ている隙に別の男と手に手を取って逃げていた。

「後に残された俺たちは親戚中を、それこそ二年か三年おきに転々として育った。どこの家も貧しくてな。とても兄弟二人まとめて面倒見てくれるような家はなかった。俺はいいから弟だけでもと思っても、茂樹が嫌がる。絶対に俺と一緒でないとおとなしくしていないと喚《わめ》くんだ。どこに行っても俺たちは厄介な鼻つまみ者だった」

とにかく兄弟二人で世話になれる家を回り続けた。遥は小学校を二回、中学校を一回変わったという。

「中学の後半から世話になった叔父が結局一番長かったな。俺の高校卒業まで家にいさせてくれたから、三年半、ほとんど四年近かったか」

「高校は自力で出たと聞きました」

「なんだ。柳のオヤジさんはそんなことまでおまえに喋《しゃべ》ったか」

遥が軽く舌打ちする。ずっと背を向けたままなので、遥の表情は見えないままだ。

「今思うに……茂樹は叔父とうまくいかなかったんだろう」

自分は苦労したが弟には苦労させたくないと思った遥は、大学入学と同時に叔父の家を出た。茂樹には高校を卒業するまでは叔父の家で暮らせときっぱり言い、何度かアパートに訪ねてきたときにも追い返して泊めてやらなかった。

「俺は大学でも奨学金をもらうことができたから、生活はどうにかなっていた。家庭教師をいくつか掛け持ちすれば破格のバイト料が入ったしな。俺は毎月茂樹の生活費と学費をそうやって叔父に渡していた。だが、それもいけなかったんだろう。俺は奨学金を取れていたんだから、茂樹にも努力させるべきだったのかもしれない」

高校に入学したはいいが、茂樹は遥の期待をあっけなく裏切り、一年の途中からろくに授業に出なくなった。どうしていたのかというと、街の不良どもと遊び歩く毎日だったのだ。遥がどれほど口を酸っぱくして諌《いさ》めても、聞こうとしなかった。聞こうとしないばかりか、逆に遥を口汚く罵り、蹴りまで入れてくるしまつだった。

「中学まではそんなやつじゃなかったから、俺はなにが起きたのかと啞然《あぜん》とするばかりだった。男らしいだろうと言ってわざと頬に切り傷を入れてきたときには、人間が違ったとしか思えなかった。髪型も服装もだらしないの一言で、どこから怒ればいいのかもわからない感じだ。今の俺ならそんなもの驚きもしないが、こう見えても俺もあの頃までは普通の大学生だったからな」

「叔父さんには心当たりはなかったんですか」

「ないの一点張りだったね。挙げ句には俺が悪いと言っていたな。確かに俺も悪かったんだろう。一番悪いのはもちろん本人だが」

それからはこれほど憎み合うのかというほど兄弟で憎み合った、と遥は自嘲《じちょう》気味だった。

「大学のとき、彼女がいた」

遥が淡々とした口調で言ったとき、佳人は遥の過去に具体的に足跡をつけているその女性に軽い嫉妬《しっと》と羨望を感じた。

「俺にとっては初めての女で、まぁ初々しいくらいかわいい交際をしていた。それを、茂樹は仲間と三人で輪姦したんだ……。それも俺の部屋に勝手に上がり込み、彼女をそこに呼び出して、俺の布団の上でだ。鍵は兄弟だと言われて大家が貸したそうだ。彼女には俺から伝言を頼まれたと言ったらしい。俺は深夜までスナックでボーイのバイトをしていた。家庭教師以外にも働いていたからな。疲れ果てて帰って、ドアを開けたら、そういう惨憺《さんたん》たる状況の真っ最中だった」

「遥さん」

佳人は聞くに堪えなくなり、耳を塞ぎたくなった。

遥が茂樹を憎んだのも当然だ。

「俺はもういっさい茂樹に対する援助を打ち切った。どうせ叔父の家はとっくに出て、悪友のところを渡り歩いていたようだったからな。バイトは続けたが、それはすべて自分のための貯金にした。俺に野心が芽生えたとしたら、間違いなくあのときだ。誰よりも強くなりたい、高みに昇りたいと切望した。貧乏が人の性根を歪《ゆが》めるんだとか勝手なことを思ったのかもしれん。とにかく理由なんてなんでもよかった。結局は彼女のことと茂樹のことを忘れたくてがむしゃらになっただけだ」

「弟さんは寂しかったんじゃないですか。あなたにかまってほしかったのかも」

「ばかな」

遥がいきなり佳人に向き直ったので、佳人はびっくりした。

「おまえは人がいいな」

「は、遥さんっ！」

突然顎を摑み上げられ、同時に右腕を背後に捻り上げられる。出掛ける間際、浦野にされたのと同じだが、浦野が遥に知られるのを望まず心ならずも手加減したのに対して、遥は容赦なしだった。

「痛い……痛いです、放して……あああっ」

とうとう佳人が尖った悲鳴を上げると、遥は酷薄な笑みを浮かべたまま佳人の腕を放す。顎は指痕が残るのではないかと思うくらい締めつけられたままだった。

「今度浦野になにかされたら、今のように叫べ。わかったか」

「は……い」

顎を強い力で締められながら乱暴に揺すぶられ、佳人はやっと答える。

返事をすると遥は胸板を押して佳人を突き放した。

「浦野には俺から言っておく。俺の持ち物に傷をつけるなとな。そしたら車と同じ程度にはおまえのことを扱うだろう」

人格など頭から無視したひどい言葉だったが、佳人はなぜか傷つくより先に、遥が浦野のことを牽制《けんせい》しようと考えてくれたことが嬉しかった。

「茂樹はわがままで甘ったれだっただけだ」

遥はさっきの続きを、苦々しく吐き捨てるように言った。

「自分を世界一不幸な男だと思って、それを他人がなんとかするべきだと思っていたんだ。だから僻《ひが》んでばかりで前を見ることができない。楽な方楽な方へと流れていく。楽な方はたいてい下の方なんだ。落ちるのは簡単でも這い上がるのにはものすごい努力がいるのに、最期まであいつにはそんなことすらわからなかったんだろう」

「亡くなったのはどうしてなんですか」

「不良たちの仲間になって街中で暇さえあれば喧嘩ばかりしているうちに、女絡みで決闘というはめになったようだ。詳しい話は知らん。聞く気にもなれなかった。とにかくあいつはバイクごと崖から転落して、ごつごつした岩肌に激突して即死だった。不思議と顔だけは綺麗なままでな」

「もしかして……」

佳人は小さく喉を鳴らし、目を伏せがちにしながら、やっとの思いで聞く。

「おれは弟さんに似ていますか」

肯定されたら佳人は救い難く傷つきそうな予感がした。

だが、遥は迷うこともなく、似ていない、と否定する。

「茂樹はそんな整いきった顔はしていなかった。性格はさっきも言ったとおりまったく違う。だが似ていたからといってなんだ。俺がおまえを連れてきたのは、おまえの気の強さが気に入ったからだぞ。剛《ごう》の者でも身震いするような太い縄で仕置きされても屈していなかった、おまえの男気が気に入ったから、気まぐれを起こしただけだ」

素直に嬉しかった。

ここでもし「そうだおまえは茂樹の身代わりだ」と肯定されれば、佳人は今晩にでも遥の許を去る決心をしたかもしれない。許すとか許されないではなく、去らずにはいられなかっただろう。買われた身で望めることではなかったが、佳人は遥にとってあくまでも久保佳人でありたい。誰かの面影を纏った身代わりは嫌なのだ。

「長話になったな。ついでだ。おまえのことも話せ」

「おれの、生い立ちですか」

「おまえがどっかの潰れた会社社長の息子として十七まで普通に過ごしていたのは知っている。

俺が聞きたいのはそのあとからだ」

佳人は最初躊躇ったが、遥が自分の過去を語ったことを考え、今の遥の気持ちが佳人のすぐ近くにあることを思うと、ここで一度話しておくべきだと決意した。

父の会社の倒産に絡んで債権者の代理として香西組が乗り出してきたこと、連日恐ろしい風体の男たちが、欠けた小指を見せつけるようにして応接室に居座り続け、とうとうお姫様育ちだった母が倒れたこと、何もないなら息子を寄越《よこ》せ、と迫られた父の憔悴《しょうすい》しきった顔を見ているうちに耐えられなくなり、自分から組事務所に乗り込んでいったこと、と順を追って話していく。

「おまえ、自分で進んで香西組の事務所に行ったのか」

さすがの遥も呆れ果てた顔をする。

「おれも高校生の子供で、世間に疎《うと》かったので怖いもの知らずだったんです」

佳人は運がよかった。たまたまそのとき組長が居合わせ、佳人の毅然《きぜん》とした態度とめったにない美貌に興味を持ったのだ。あとで香西本人からも、あのときのおまえは本気で自分の気持ちを揺さぶった、と言われた。香西は元々両刀で、しかもつい何日か前に、それまで囲っていた俳優と切れたばかりだった。佳人はその夜から香西の愛人になった。

「でも結局両親は一年後に揃って自殺してしまいましたけれど」

「そうか」

遥は短くそれだけ返した。

佳人も遥も天涯孤独という意味では似たような境遇だった。遥の両親は生きているのかもしれないが、どこでどうしているのかまったくわからないらしい。遥もそれに関してはほとんどなんの感慨も持っていないと言う。それもそうだろう。

「長居が過ぎたな」

気持ちのよい薫風《くんぷう》に吹かれて人気のない墓地で話し込んでいるうちに、午後二時を過ぎている。午前中から家を出てきたので、ちょっとそこまで、というには長い外出になった。

「帰るぞ」

遥は佳人を振り向きもしないで勝手に引き返していく。

帰りも運転は佳人がした。

「遥さんは、自分で運転しないんですか」

「しないことはないが」

遥はニコリともせずに答える。

「こんな小さな車は俺の趣味じゃない」

「ああ、そうなんですか」

ではなぜ買ったんですか、と聞こうかと思ったが、不躾《ぶしつけ》すぎる気がしてやめた。

帰りは遥も道をあれこれ指示してくれない。一度運転してきた道だから言う必要はないと思っているのだ。佳人はうろ覚えの道を、冷や汗を掻きながら必死で思い出し、どうにか辿っていく。

次を左、とウインカーを出しかけたとき、突然遥が、

「そこは右だ」

と言ってきた。

ここだけははっきりと左から来たと覚えていただけに、佳人は混乱してしまう。

「右に行け」

声の調子からすると遥もべつに怒っていない。

言われたとおり右折してしばらく行くと、前方に東京湾《とうきょうわん》が見えてきた。

「あ。海」

佳人は思わず声に出して言ってしまう。

海を見るのは好きだった。波の揺れや光の反射を眺めたり、砂浜や岩場に打ちつける波音を聞いたりしていると、心が落ち着いてくる。香西はクルーザーが好きなので何度も佳人をそれで海に連れ出したが、佳人はそういう船遊びより、海岸からただ海を眺めているほうがよかった。

海が見たいなどと遥に言っただろうか。

佳人には覚えがない。

もしかすると最初に看病してもらっていたとき、熱のために譫言《うわごと》でも言ったのかもしれない。

その可能性はある。

いずれにしても、わざわざ右に行けと言ってくれた遥の気持ちが嬉しい。

遥も黙って海を見ている。

車内には沈黙が長く続いていたが、それは息苦しいものではなかった。

ハンドルを握りながらときおり斜め前方の海を眺め、佳人はさっき遥が話してくれた茂樹のことを反芻《はんすう》していた。

遥が叔父の家を出てから別人のように変わってしまったという茂樹。

もしかして、と突然インスピレーションが湧く。

「遥さん」

佳人は声が震えていないか心配になるくらい自分が緊張しているのを自覚する。

「どうした」

ゴクッと唾を飲み、決心してから佳人は続ける。

「もしかして茂樹さんは……。それより、あの、叔父さんは今どうしてらっしゃるんですか」

遥がゆっくりと佳人の方を向く。

佳人は運転しているため前方を見据えたままだったが、雰囲気から遥が落ち着き払った顔をしているのはわかる。

「きっとおまえの想像しているとおりだったんだろう」

だがな、と遥は一転して冷たい声になった。

「だからといってばかな生き方をしていい免罪符にはならん。叔父はもちろんまだ叔母と共に健在だ。だが俺とはいっさい関係ない」

「それで納得できたんですか」

遥は返事をしなかった。

ちらりと見ると、複雑な表情を浮かべてそっぽを向いていた。

やはり、茂樹は叔父に乱暴されたのだ。遥という守ってくれる男のいなくなった家に残されて。

そのことに気づいたときの遥の心境を思うと、佳人は胸が締めつけられる思いを味わった。

遥が事実を知ったのは、たぶん、茂樹が死んでからなのだろう。納得できるはずはない。しかし納得しないわけにもいかない。佳人は自分が遥にとても無神経な質問をしたことに思い至り、激しく後悔した。

それから家に着くまでどちらも無言だった。

車をガレージに入れ、鍵を抜いて遥に渡す。遥はその場でジーンズのポケットから取り出した金色のキーホルダーに鍵を通していた。

「佳人」

遥の声に佳人が振り向くと同時に、さっきの鍵が放り投げられる。

慌てて反射的に受け止めた。

「おまえの車だ」

佳人が目を見開いている間に遥は先に行ってしまった。

赤信号を見て急停車した黒澤《くろさわ》運送のトラックに、後ろにいた乗用車が追突、運転していた男は打撲とフロントガラスによる切り傷などで入院するという事故が起きた。

この件は佳人が一人で担当することになり、早速被害者の見舞いに出掛けたりして対応した。

今回の事故責任は七十対三十で、トラックは信号に気づくのが遅れた前方不注意と急停車、乗用車も車間距離の不足と前方不注意ということになりそうだった。

事故の起きた状況と被害者の怪我の具合から、それほど揉めそうな案件ではないと思っていた佳人だが、甘かったようだ。

最初に見舞いに行ったときには事故直後で気落ちしていたせいか、しおらしい感じで特にごねる様子もなかった。おとなしく菓子折を受け取り、保険会社との手続きに入らせていただきますので、と言うと、すんなり頷いたのだ。

ところが、二度目に運転手と一緒に見舞いに行ってみると、ガラリと態度が豹変《ひょうへん》している。

痛い、痛いと唸り声を上げたり、まだ二十歳くらいの若い運転手を怒鳴りつけて罵倒したり、仕事を休んでいるから家計が逼迫《ひっぱく》して大変だと愚痴《ぐち》ったり、とにかく佳人も唖然とするほかない変わりぶりなのだ。

とりあえず青ざめた顔で俯いている運転手は先に帰らせた。ただでさえ事故を起こして動揺しているのに、これではあまりにも辛いだろうと思ったのだ。被害者がもう少し落ち着いてから、あらためて連れてくるほうがいい。

「俺は怪我が痛くて痛くて夜も眠れないんだ」

男は佳人を見ると幾分バツの悪そうな顔をしながら言う。

「この前は麻酔が効いてたし、突然のことでまだ茫然《ぼうぜん》としていたもんだからあんたにもうまく言えなかったが、痛くてたまらないんだよ」

「そうですか。担当医の方は特になにもおっしゃっていなかったようですが」

「ちょっとあなた!」

二人の遣り取りを聞いていた付き添いの女性が腹立たしそうな声を張り上げる。この男の妻だ。

「主人を疑ってるの? 本人が痛いと言っているんだから、痛いのよ」

「疑うつもりはありません。こちらも精一杯のことをさせていただきたいと思っています」

「だったらごちゃごちゃ言わないで、もっと見舞金を出しなさいよ。あんたのところのトラックのせいでうちの愛車はボロボロ、主人も全治一週間の怪我よ。会社にも迷惑かけて肩身の狭い思いしてるんだから」

どうやら誰かからなにか入れ知恵されたようだ、と佳人は思った。

ごねれば金がもらえる、とでも教えてもらったのだろう。

お金の話は保険会社に一任してあるので、ここで佳人が被害者と直接話すことはできない。

「ご主人のお体に障《さわ》るといけませんから、今日のところはこれで失礼します」

佳人は妻と被害者に頭を下げて暇乞《いとまご》いしようとした。

すると、妻が慌てて丸椅子を立つ。勢いがつきすぎていたせいか、椅子が倒れてしまった。

「ちょっと！　話はまだ全然終わってないじゃないの。待ちなさいよ」

「明日また出直して参ります」

「待ちなさいってば！」

彼女の顔つきが険しくなる。

もう一度頭を下げてから顔を上げたとき、彼女が「こんちくしょう！」と叫んで投げつけてきた赤いものが目に入った。しかし、もう遅い。

固くて大きな林檎《りんご》の玉が、佳人の左目を直撃する。

痛烈な衝撃に膝を折りそうになる。

佳人は目の中に火花が散るのを感じてくらくらした。涙が一気に両目の視界に幕を張る。左目は開けていられない。ボロボロと涙だけ零《こぼ》れてくる。

「ばっ、ばっか、おまえ！」

被害者の男性が狼狽《うろた》えた声で妻を叱っている。たぶん、元々は気の弱い普通の男なのだ。

「だって、あんた、この人が帰ろうとするから」

「か、看護師さんを呼んでこい」

「だめよ、だって、そんなことしたらあたしが！」

二人が揉めている間に、佳人は手探りで壁を伝いながら廊下に出ていった。

目を押さえてゆっくりと歩いていると、廊下ですれ違う患者や見舞い客が、何事、と寄ってきた。

看護師も急ぎ足でやってくる。

ここは内科と外科が専門の病院だったので、佳人はタクシーで眼科のある近くの病院に行くことになった。


幸いにも眼の中に傷はついておらず、打撲で瞼と周囲が腫れ上がって目が開けられなくなっている程度だった。

眼帯をしてもらい、取引先の保険会社に寄って、担当者に被害者が新たに主張していることを報告してから事務所に戻った。

「おい、どうしたんだい、その目は」

柳は佳人の姿を見るなりぎょっとした顔をする。

事務所の定位置に戻るまでの間、誰かと行き交うたびに何度も交わした会話を、佳人は柳相手にも繰り返す。

「ちょっと怪我をして病院に寄ってきました。連絡しなくてすみません」

「大丈夫なのか」

「べつに問題ないそうです」

柳は束の間ホッとしたようだが、すぐにまた気難しい顰《しか》めっ面になる。

「先日の被害者か？」

隠していてもいずれ柳にはばれそうだったので、佳人は頷いた。

「おれの不注意でした。奥さんが興奮していて、林檎を投げつけてきたんですが、咄嗟のことに顔に直撃させてしまったんです」

「なんで興奮するんだ。確か一週間かそこいらで完治するような怪我じゃなかったのか？」

佳人が今日のことを話すと、柳はまいったなというように後頭部を手の平でトントンと叩いていた。

「たまにあるんだよな、そういうケース」

「とりあえず、保険会社の担当とは話していますので、あとはもうそっちと交渉してもらうことになりました。うちが入ると話が拗《こじ》れそうなんです」

「ああ、そうだな。それがいい」

柳は被害者のことは特別気に病んでいないようだが、佳人の怪我にはかなり困っているようだ。

「それ、まずかったなぁ……久保」

「すみません」

「いや、すみませんとかじゃなくてだなぁ」

佳人は柳が何をそんなにまずく思っているのか見当がつかず、首を傾げた。

「腫れが引いたら目も開けられると言われました」

「そうだな。それが不幸中の幸いだ」

柳は溜息をつきながら半分上の空のような感じで返事をする。

そしてそのまま席を立つと、休憩スペースの方に行ってしまった。

柳がコーヒーを飲むのはたいてい考え事をするときなので、佳人はちょっと不穏なものを感じた。

事故係が怪我をするとそんなにまずいだろうか。

仕事は山積みだったので、佳人もいろいろ考え込むのをやめ、デスクワークを始めた。片目で書類の小さな字を読むのは目が疲れる。なかなか思うように捗《はかど》らない。

柳もすぐに戻ってきたが、もう怪我のことには触れてこないで、黙々と書類を作成したり、電話に応えたりしていた。

六時頃、柳が佳人に、今日はもう帰れ、と声をかけてきた。

どことなく寂しそうな表情だった。

「片目だけを酷使すると頭が痛くなるぞ」

「あ、はい。じゃあお先に失礼します」

「お疲れさん」

そしてポツリとなにか付け足す。

佳人には柳が、元気でな、と言ったように聞こえて、思わず足を止めて今なんと言ったのか聞き返しそうになった。しかしあいにくと柳はちょうどまた電話に出たところだったので、うやむやのまま帰途につく。

たぶん自分の聞き間違いだろう、と佳人は思った。


墓参りに同行させてもらってからは、また以前のようなつかず離れずの自然な距離で遥と接することができている。

もうずっと部屋に籠《こ》もっている必要も、遥と行き合うたびに緊張する必要もない。

遥も用事がなければ早い時間に帰宅する。

佳人が眼を怪我して帰った日、遥はビデオ制作会社の用事でプロデューサーたちと伊豆《いず》の方に出掛けているはずだった。朝、いつもより早い時間に迎えに来た浦野と遥の会話が佳人の耳にも聞こえてきたのだ。遥は相変わらず仕事のスケジュールなどは佳人にいっさい教えないので、こんなことでもなければ遥がいつどこの会社に顔を出しているのかもわからない。

伊豆に行くのなら遅くなるだろう、と予想していたら、意外にも八時過ぎには帰ってきたので、佳人はかなり焦《あせ》った。眼帯のことを聞かれたらどういうふうに話すかを、まだ考えていなかったからだ。

べつに正直に言えばいいのだが、なんとなくまずい予感がした。

「怪我をしたそうだな!」

驚いたことに遥の開口一番はそれだった。

出迎えをするのだけはやめるようにしていた佳人は、そのとき茶の間にいたのだが、遥は飛び込むようにして入ってきたのだ。

もう誰かが遥に報告したらしい。たぶん柳だろう。従業員の事故や怪我は必ず社長に報告するとは聞いていたが、それにしても林檎を投げつけられて打撲を負った程度のことまでそうだとは思わなかった。労災申請をしろというわけなのだろうか。

遥は佳人の眼帯を見て思い切り眉を顰《ひそ》めている。

「見せてみろ」

「でも、お岩《いわ》さんのようになっているので、ちょっと不気味ですよ」

「いいから見せろ」

苛立って声を荒げる遥に、佳人も迫力負けしてしまい、ゴム紐に指をかけて眼帯を外す。あまりぐずぐずしていると、飛びかかって無理やり外されそうな気がした。遥が何をこんなに苛々しているのかはわからないが、逆らわないほうがいい。

自分でも鏡に映して見たのだが、かなり悲惨な顔になっている。眼帯なしで外に出る勇気はないなと思ったくらいだ。

遥は一度自分の目で確かめさえすれば満足したようだ。

満足というよりホッとした感じだった。

ここから先はきっと嫌味ばかり言われるのだろう、と佳人は覚悟していた。こういう場合の遥の言動はたいていい決まっている。

ところが、今回は少し様子が違っていた。

遥は苦虫を嚙みつぶしたような顔で腕組みし、しばらくはじっと佳人の顔を睨んでいるだけだった。唇は真一文字に固く引き結んだまま開こうとしない。

重すぎる沈黙にたまらなくなって、とうとう佳人から口を切る。

「あの。早かったんですね？」

ここはもう話題を変えるほうがいいと思い、あえて違うことを聞いてみたのだが、遥には一顧《いっこ》だにされなかった。そんなことはどうでもいいという顔をされただけである。

そして、逆らうことを許さない強い口調で、

「明日からはまたこの家で家事をしろ」

と命令する。

佳人はあまりにも予期しないことを言われて驚き、唖然としてしまう。

遥の考えていることがさっぱり理解できない。

「どうして、ですか」

言葉を詰まらせながら、佳人は遥にほとんど哀願するような調子で言っていた。

「どうしてですか。おれは今の仕事が好きだし、一生懸命にやっています」

遥の命令は佳人にはあまりにも理不尽に思われて、理由を説明してもらわない限り納得できそうにない。

「遥さんにも少しは認めてもらっているかと思っていました」

遥は無言で冷たい視線を向けてくるだけだ。

佳人はたまらなくなって、いつになく粘り強く遥を説得しようと試みた。

「お願いです。続けさせてください。なんだったら怪我が治るまでは家にいてもいいです。ただ、柳係長はとても多忙なので、おれみたいな新米でも休むと仕事に差し障りが出ると思うんです。眼帯が取れるまでくらいで……」

「柳係長にはすでに後任として派遣社員を雇うようにしたと連絡ずみだ」

佳人は頭上に爆弾を落とされたようなショックを受ける。

それでは遥は本気で佳人を辞めさせるつもりなのだ。この場でいくら佳人が懇願しても、再考する気などさらさらない。

どうして、というやりきれない気持ちが、佳人を打ちのめす。

黙り込んでしまった佳人に、遥が感情の籠もらない淡々とした調子で続ける。

「明日には俺と係長とで派遣会社の担当者と打ち合わせて、適材がすぐに見つかれば即日から契約することにしている。どんなに遅くとも一週間以内には派遣社員を手配するから、おまえがあれこれ心配する必要はない」

佳人は俯いてしまい、じっと膝にのせた両手を見つめていた。

何をどう言えばいいのか、もうわからなかった。

そうしているうち、あれはやはり聞き間違いではなかったのだ、と気づく。柳はやはり佳人に「元気でな」と別れの挨拶《あいさつ》をしていたのだ。

まさかこんなに短い間にまた環境が逆戻りするとは思わなかった。

結局、遥は佳人をいたぶって楽しんでいるだけなのだ。

認めたくはないが、そう考えざるを得ない。

冷たく扱われているかと思えば突然優しくされ、少しだけ甘やかされたかと思うと次にはまた冷酷にあしらわれる。佳人にとって遥はあまりにも気まぐれで、残酷だった。

いっそ冷たいなら冷たいに徹してもらうほうがいい。期待しかけた端からがっかりさせられるようなことが続くと、佳人は混乱して、気持ちの収拾をつけられなくなる。つい先日、遥とならきっとそのうちわかり合える、という感触を得たばかりだったので、今回の傷つき方はこれまでの比ではなかった。

「佳人」

遥が佳人に顔を上げろと命令する。

佳人は唇を嚙んだまま従う。本当は消沈した元気のない顔を見られたくないのだが、逆らう気力が出ない。

「なんだその不服そうなしけた顔は。なにか文句があるのか」

遥の声には怒りが混じっている。

「おまえには自由はないと言ってあるのを忘れたか。何度言えば覚える。俺もいい加減うんざりするぞ」

「……すみません」

「目を逸《そ》らすな！」

ピシャリと叱られ、佳人はやっと遥と目を合わせる。遥の視線は鋭く、まともに注視するには相当な勇気と気概《きがい》が必要だった。

「いつものように俺を睨んでみろ。もっと強気な目をしているだろう。それとも片方怪我してい

「混乱しているんです」

遥の目を覗き込むうちに佳人もだんだんいつもの負けん気が出てきてしまい、意地になって言い返していた。

「あまりにも突然すぎて、おれは係長にも挨拶できなかったので、気持ちが落ち着かないんです」

いつもの調子を取り戻した佳人に遥は満足したようで、皮肉っぽい笑みを浮かべた。手応えがなければ苛《いじ》め甲斐《がい》がなく、つまらないのだろう。

「そのうちここに呼んでやるから、そのときに酌《しゃく》でもしながら挨拶しろ」

佳人は唇をきつく嚙みしめる。

ひどい言葉だと思った。

「なにがそんなに気に入らない」

遥は佳人を翻弄し、狼狽する様を見て楽しんでいるようだ。

「家事をするのが嫌なら今度はうちで撮っているAVの男優をしてみるか？　ちょうど今度からSMシリーズを打ち出すことに決まったばかりだぞ。おまえクラスの美貌でそういうのに出演してくれるのはなかなかいないからちょうどいいかもしれんな」

佳人はさすがに少し青ざめる。

遥がどこまで本気かわからない以上、迂闊《うかつ》な相槌《あいづち》は打てない。

フフ、と遥が笑う。

まるで猫が獲物をいたぶっているように、遥は佳人をじわじわと追いつめていく。

「いくらおまえでもそれは嫌か。仕方がないな。だったらつべこべ言わずおとなしく家にいろ！」

後半はドスを利かせた声音できつく言われ、佳人も諦めるしかなかった。

さしあたり通いの家政婦を断る気はないので、おまえは何もする必要はない、遥は無情にもそう言い捨て、茶の間を出ていった。


六月に入るとじわじわと暑さが増してくる。

日も長くなり、七時近くになって、ようやく夜が来たという感じになる。

遥が湯上がりに月見台で風を受けながら涼んでいると、水屋との境の出入り口から佳人が顔を覗かせ、当惑を隠さない面持ちで来客の訪れを告げた。

「香西の親分さんが来た？」

佳人は黙って頷く。

「ふん……。まぁとにかく、おまえは酒の用意をしろ」

佳人にそう言いつけ、遥は玄関に向かう。

おそらく佳人の様子を見に来たのだろうと思った。それ以外になんの用事があるのか思い当たらない。おまけにボディガードの若い衆は車に待たせていて、香西一人が玄関口に来ているらしい。

自然と構えてしまうが、それはおくびにも出さないで香西を出迎える。

「どうもご無沙汰《ぶさた》しております」

遥が愛想よく挨拶すると、香西もたちまち破顔してみせる。

「やぁやぁ久しぶりにあなたのことを思い出しましてな。こんな非常識な時間に申し訳ない。ちょっとついでがあったので寄ってみただけなんですわ」

遥は香西を書院の間に案内した。

「わざわざ親分さんにご足労いただきまして恐縮です。こちらからご挨拶に伺《うかが》わねばと気にかけつつ、今日まで来てしまいました」

「なに。あなたがあちこちを休む暇なく飛び回って活躍されているのは承知ですよ。若いからいろいろと楽しみもあるだろうし」

「それが無骨者ですから、ろくな遊び方を知りません。仕事一本槍ですよ」

「いや、それはよくないですな。そうだ、以前からお約束していたクルージング、ぜひ今度実現させましょう」

「願ってもないことです。お誘いいただけるならいつでも体を空けますよ」

「ああ、そうだ」

香西はたった今思い出したかのように、ポンと手を打つ。

「その際には、あれも連れてきてやってはくださらんか」

もちろん佳人のことだと百も承知だが、遥はわざと空惚ける。

「あれとおっしゃいますと？」

「佳人です。黒澤さんにもらっていただいた。……元気にしておりますかな？」

互いの腹を探り合うような回りくどい会話の末に、遥は無造作に頷いた。

「元気なようですよ」

「さっきちょっとだけ顔を合わせたが、久しぶりに少し話がしてみたいですな」

「ほう。よろしいんですか」

遥は慎重に返事をする。

いよいよ本題だな、という感触だった。

「佳人に関しては親分さんには失礼なことをしたんじゃないかと、ずっと気になってたんですよ。なにしろ主《あるじ》に楯突いた不届き者を、無関係な人間が横合いからかっさらったような形になってましたんでね。もう佳人のしでかしたことを許してやっていただけるんですか？」

「まぁね、こっちも何十人と子分を抱えとりますからな。あの場は下の者に対する示しってもんがあったんですよ」

香西は分厚い唇を舐めながら、探るように遥を見る。

「儂としても大事大事にかわいがってきたのを痛めつけるのは本意じゃなかったが、咎《とが》めなしで佳人だけ許してたら、他のモンが納得しない。だがまぁ今では正式にそちらのものですからな。それも本家の若頭が立会人になっての取引だ。儂が許すの許さんのの段じゃないですわ」

「そう言っていただけると助かりますよ」

話が一段落ついたところに、ちょうどいいタイミングで佳人が襖《ふすま》を開けて入ってくる。ガラスの徳利《とっくり》に入った冷や酒と、三点ほどの小鉢を用意していた。

たまたま風呂上がりだったのは佳人も同様で、佳人は単衣《ひとえ》の着物を着ていた。温まったままの肌に直接着物を羽織っているせいか、それともまだ少し濡れているような髪のせいか、毎日見慣れた遥が見ても、今夜の佳人は異様に艶っぽい。

衿《えり》の隙間から手を入れて胸板を撫で回したい、などと邪《よこしま》な欲望を覚えたとしても不思議はない。香西はちょうどそんな目で、佳人の全身を舐めるように見ていたのだ。普段は冷淡で切れ者の、いかにも親分然としている香西だが、佳人を前にしては情欲が先に立ってしまうらしい。

「ちゃんと黒澤さんにかわいがってもらっているか、佳人」

香西に声をかけられ、佳人はいつになく動揺していた。どう返事をしていいか迷うのも無理はない。今の遥との関係はお世辞にも良好とは言い難かったし、香西に対する緊張もあるだろう。顔色こそ平静を保っているが、台の上に器を並べる指が微《かす》かに震えている。

それでもやがて佳人はしっかりした口調で、はい、と短い返事をした。

佳人が卓を調えたのを見計らい、遥は冷たく佳人に声をかける。

「隅に控えていろ」

本当なら佳人を部屋から退がらせてもよかったのだが、香西の手前そうもいかない。香西の目的は佳人なのが明らかで、香西はそれを隠そうとしていないからだ。遥もそこまで無粋《ぶすい》なことはできない。

香西は香西で、遥が佳人を自分の陰に隠すように控えさせたので、それ以上佳人に話しかけるわけにはいかなくなる。できれば佳人に酌をさせたいのだろうが、遥に気を利かせるつもりがない以上どうしようもないのだ。自分から言い出すのも格好がつかない。それではまるで、一度は切り捨てた愛人に未練たらたらだと暴露《ばくろ》しているようなものだ。親分としての見栄や面目があるので、そういうところは見せられないのだろう。

「どうですか、黒澤さん。佳人はお役に立っておりますかな」

香西は気を取り直したらしく、今度はそんなふうに聞いてくる。

「そうですねぇ……」

遥が返事を悩むように語尾を濁すと、香西は畳みかけるように言葉を継ぐ。

「そろそろ男では物足りなくなったんじゃないですかな」

「わたしは元々あまり女に縁がなくてですね」

「またそんなご謙遜を。クルージングの際には毎回綺麗どころを何人も連れていくんですわ。今度あなたをご招待するときにも、選りすぐりの美女を用意しておきましょう。いや、まずは女ですぞ、黒澤さん。本家の若にも儂は何度も申し上げておるんだが、愛人は何人囲ってもいいが、本妻ははっきり据《す》えて置かねばだめです。女房は別格だと儂はいつも思っておる」

「確かにそうかもしれませんね」

遥はやんわり受け止める。

「もし気に入った女がいれば、お連れくださっても結構ですからな。お約束しましたぞ」

「香西さんにそんなことを言っていただけて、わたしも男冥利《おとこみょうり》に尽きます」

でも、と遥は心苦しげに、香西のせっかくの好意を固辞する意向をちらつかす。

「もうすでに一人こうしていただいておりますから、あんまり欲張るのもなんでしょう。美女もいいかと思いますが、今のところはこれの相手をするので精一杯という感じです」

佳人の視線が遥の背中を凝視しているのをひしひしと感じる。

遥は素知らぬ振りで無視した。佳人にどう思われているのか遥にはわからないが、この場を凌《しの》ぐのが先である。

今さら佳人を香西に返す気は毛頭ない。

たとえ倍返しの二億もらったとしてもそんな気は起きないだろう。

「ほうほう。佳人のやつはそんなに欲しがりますかな」

「それはもう、さすがは親分さんのお仕込み、という感じですね」

遥はしゃあしゃあと香西に調子を合わせ、あったためしもない閨房《けいぼう》の話をする。

「口の使い方も穴の締め方も絶品で、一晩に何度も挑んでしまいますよ。こんなに貪欲なオンナがいれば、ちょっと他まで相手にする元気がない。親分さんはよほど達者でいらっしゃるんだと感心していたところです」

「儂らはオンナを囲ってなんぼですからな」

香西はまんざらでもなさそうにニヤつき、冷酒を旨《うま》そうに呷《あお》る。

「確かに佳人はたっぷりと仕込みましたからなぁ」

香西が座椅子をずらして、佳人をじっくり眺める。

遥はこの辺で少し香西の機嫌を取っておくことにした。

「おい、親分さんに酌をしろ」

佳人を振り返り、有無を言わせぬ厳しい調子で命じる。このところろくに会話らしい会話もしていないため、佳人は遥にどんな期待もしていないらしく、そのまま静かに立ち上がって香西の横に座り直した。

「佳人」

香西が待ちかねたように佳人に杯を差し出す。

「ずっとご無沙汰していました」

「おまえ、社長さんによくしてもらってるようだな。儂のところよりこっちが甘やかしてもらえるんだろう?」

「……そんなことは」

「いい、いい。儂に気兼ねするな。おまえはもう社長さんのもんだ」

遥は二人の会話にまるで興味がないという顔をしながらも、一言も洩《も》らさず聞いていた。

佳人の困惑ぶりが手に取るように伝わってくる。佳人にも香西の思わぬ未練がひしひしと感じられてくるのだろう。

「儂も相当おまえに酷いことをしたからな。背中はどうだ。傷が残ったか」

「もう少し時間がかかりそうなものもありますが、そのうちすべて薄れて消えそうなので、大丈夫です」

「儂のことは恨んでいるか?」

「恨んでなんていません」

それが本心なのは疑いようもなかった。

佳人は誰かを恨むより、自分が恨まれるのを潔《いさぎよ》しとする男なのだ。一緒に住んでいるとそれが虚勢でも振りでもなんでもなく、佳人の本質だとよくわかる。

「そうか」

香西はそれを佳人の口から聞けただけでも、今夜の訪問に意義を見つけられたようだ。

声色がぐっと優しくなり、隠そうともしないで愛しそうな顔つきをする。

遥は今にも香西が「戻ってこないか」と言い出すのではないかと思った。まさにそういう雰囲気になっていたのだ。

しかし香西は、もちろんそんなセリフは吐かなかった。

代わりに、もう戻れ、と言っただけである。遥の横に戻れ、の意味だ。

「社長さんに酒を注ぎなさい。おまえももう若くないから、飽きられないように努めないとな」

佳人が遥の隣に座り直しにきた。

遥は黙ってベネチア・ガラスでできた美しい杯を持ち上げる。

その杯を佳人が冷酒を注いで満たす。

二人の雰囲気に何か感じるものがあったのか、香西は溜息をついた。

「ま、どうやら当分は飽きそうもない感じですな」

「そうですね」

遥はゆっくりと言葉を選ぶ。

「わたしも案外本気で惚れたのかもしれません」

そのようで、と香西が不承不承に苦笑いした。

「男の味は一度覚えると病みつきになると言いますぞ。せいぜい女遊びにも余力を残して励んでおかないと、いざとなったら男相手にしか役に立たなくなっているかもしれん」

「それでもかまわない気はしていますがね」

どうせ今の地位も金も裸一貫から遥が築き上げたものなのだ。先祖代々受け継いできたものなら次代にきちんと譲り渡さなければならないと思うが、遥の場合そんな義務感もない。企業は企業として存続し続ければいいだけであって、そこに血の繋がりは無用だった。

「では儂は若いのを待たせてあるんでこの辺で」

潮時《しおどき》とみたのか、香西が立ち上がったので、遥と佳人も立つ。

玄関口に向かいながら遥は、クルージングを楽しみにしています、と別れの挨拶代わりに言っておく。

「そのときには本家の若もお誘いしますから、一つ盛大にやりましょうな」

「そういえば東原さんにもしばらくお目にかかっていないんですよ」

「ならなおのこと早めに計画しませんと」

遥は塀に沿って停車しているリムジンのところまで香西を見送った。

車が発進し、角を曲がって見えなくなるまでその場に立っている。

これでもう香西も二度と佳人のことで遥に探りを入れに来たりはしないだろう。

そう考えると、やっと佳人が自分のものになった気がした。

もやもやした気持ちを抱えたまま香西の席を片づけていた佳人は、遥が入ってきたのを見ると、鎌倉彫《かまくらぼり》の豪奢《ごうしゃ》な台を拭いていた手を止めた。

遥は佳人を一瞥しただけで、そのまままた月見台に出ていこうとする。

「あの」

佳人は思い切って遥に声をかけた。

遥が背中を向けたまま立ち止まり、無愛想に「なんだ」と聞く。いかにも煩《うるさ》そうな声だった。

「ここはもう全部片づけてしまってもいいですか」

本当に言いたいのはそんなことではないのだが、佳人は遥の不機嫌さを察すると、核心に触れるのを躊躇ってしまう。

遥はちらりと卓の上を見て、箸《はし》をつけてもいない小鉢や半分以上残っている冷酒の徳利に目を留めていた。元々あまり酒を飲むほうではない。伺いを立てはしたものの、片づけろと言われると思っていた。

佳人には最近の遥が何を考えているのか本当にわからないときがある。顔を合わせるのを避けられまではしないが、ほとんど必要最低限の会話しか交わさない。たとえ話をしても傷つくことをわざとのように言われるだけのことが多く、日にちが経つにつれ自然と佳人も無口になっていた。

このときも遥の気持ちはわからなかった。

遥は月見台に出るのをやめ、そのまま黙って座椅子に座り直したのだ。

佳人は意外さを隠せず、どうしたものかと当惑した。まさかまた卓につくとは思わなかった。飲むにしても月見台で飲み直すのかと考えていた。

「どうした」

戸惑っている佳人に、遥は苛立ったような語調で問い質《ただ》す。

「言いたいことがあるなら遠慮なく言ってみろ」

佳人がまだ腹に何か溜めていると気づいていたらしい。

佳人は迷いを振り切り、遥に聞きたかったことを口にする。

「どうしてあんな嘘をついたんですか」

「嘘?」

佳人は黙って頷いた。

「ああ」

遥は実につまらないことを聞かれた、とばかりに眉を跳ね上げ、薄ら笑いを浮かべる。

「おまえを抱いているとか、具合がいいとか言ったことか。あんなのは単なる冗談だ。でなければ、男の見栄だ」

「見栄、ですか」

遥の返事は想像していたのとほとんど違わない。きっとそんなふうに答えるのでは、と思ってはいたのだが、実際に耳にすると、覚悟していた以上に失望した。

「おまえはどうして俺があんなふうに言ったんだと思った？」

逆に遥から聞き返される。

佳人は軽く唇を噛んでから、自分だけでも素直になろうと決めた。これ以上遥としっくりこない関係でいるのは耐え難かった。

「おれは、もしかするとあなたはおれのために、わざとあんなふうに言ってくださったのかと思いました」

「おまえのため？」

嘲《あざけ》りの交じった冷淡な声音が佳人を傷つけたが、遥はおかまいなしに続けた。

「俺がおまえのためにしなきゃいけないことがなにかあると思うのか」

言いながら、まだ中身が入っている冷酒の徳利を持ち、自分の前にある杯に注ぐ。

「しなければいけないとかではなく……」

「自惚《うぬぼ》れるな！」

佳人はいきなり酒で顔を叩かれ、小さく驚きの声を上げた。

杯に注いだばかりの酒を、遥が佳人の顔めがけて引っかけたのだ。

前髪から落ちてくる酒の雫《しずく》を指で払いながら、佳人は心の衝撃に耐えた。

「おまえのためじゃないぞ。俺は香西の親分さんとおまえの仲にむかついただけだ。俺がきっちり落とし前をつけてもらい受けたはずのおまえに、親分さんが今さらまた色気を出すのが許せなかった。それだけの話だ。勘違いするな」

「おれは、ただ、感謝したかっただけなんです」

佳人はもどかしくてたまらなかった。

なぜ遥には自分の気持ちを曲解されてばかりなのか。

わかり合ったかと思うと、些細なことであっさりと元の木阿弥《もくあみ》になる。そんな虚《むな》しいことを何度繰り返せばいいのか。

「誰に？　まさか俺にか？」

遥は明らかな侮蔑《ぶべつ》の表情を浮かべる。

「本当におめでたい男だな。そんな殊勝な態度を取られたら、俺はおまえをかわいがってやらなくちゃ悪い気になるじゃないか」

佳人はゾクッとして背筋を戦慄《せんりつ》に震わせた。

遥の目は佳人をモノかなにかのように酷薄に見据えている。

今夜はそれほど酔っているようにも見えなかったが、言い合いをしているうちに、遥の中にある獣の部分が表に出てきたようだった。

「来いよ」

遥は座椅子の背に大きく凭《もた》れ、月見台のときと同じように胡座《あぐら》をかいた。

すでに股間は勃起し始めている。僅かに布を押し上げていた。

佳人は俯いて首を振り、はっきりと拒絶した。

遥の怒りを買うのは百も承知だが、したあとのことを考えると、もう嫌だった。二度と遥に後悔されたくない。そのためにもするべきではなかった。

「来いと言っているだろうが！」

命令に従わない佳人に、遥は怒声を浴びせかけた。

「どんなふうに仕込まれてきたのか知らないが、口の使い方が上手いのだけは認めてやる。この前のように俺をいかせろ」

「嫌です」

遥が目を剝《む》く。

こんなにはっきりと逆らわれるとは思ってもいなかったようだ。

遥は座椅子を押しのけて立ち上がると、佳人の胸ぐらを摑み上げにきた。

「嫌とはどういうことだ。もう一度言ってみろ」

耳元で低く詰問《きつもん》されるのは、怒鳴られるのよりもずっと恐ろしい。佳人は遥の怒りの大きさをはっきりと感じ取り、それ以上言う言葉を思いつけなかった。

「俺が相手では嫌という意味か。親分さんには口に出してはとても言えないほど恥ずかしいことばかりして仕えてきておいてな。見上げた根性だ」

そして畳に投げつけられるようにして放り出される。

尻で後退りかけたところ、今度は乱暴に肩を摑み寄せられた。遥は中腰で佳人と真っ向から向き合う姿勢になる。

着物の衿は崩れてしまっていて、胸元がすっかりはだけている。だがそれを直す暇もなかった。

「本当は親分のところに帰りたいのか？」

佳人は弾かれたように顔を上げる。

「違います」

「さっき恨んでないと言っていたじゃないか。親分が好きだったのか」

好きとか嫌いとか、そんな単純な言葉で気持ちを言い表すのは難しかった。恨んでいるかいないかと聞かれれば、恨んでいない、と言うしかない。しかしそれは、一朝一夕に出してきた答えなどではない。十年のうちに何度も何度もさまざまな気持ちを交錯させ、悩み続けてきて、最終的に二者択一したときの答えでしかないのだ。遥が今すぐ納得できるように説明することなどは、とても無理だった。

だが佳人が答えないのを、遥は鼻で嘲笑《あざわら》った。

「親分にはどんなふうにされてかわいがってもらっていた？　俺のところに来てからはその淫乱な体をどうやって鎮《しず》めていたんだ」

「……そんな質問、あなたらしくありません」

「俺は元々こういう下品な男だ」

佳人はまた首を振る。聞きたくない。

「答えろ。ベッドに入って毎晩自分で慰めていたのか？」

「してません、そんなこと」

「なら昼間訪ねてくるセールスマンでも引っ張り込んでいたのか、え？」

あまりの言われように、佳人は激しく身を捩《よじ》り、肩を掴んでいた遥の手を振りほどいた。あと少し感情が昂《たかぶ》れば泣きだしてしまいそうだったが、どうにか堪えてそんな醜態《しゅうたい》は晒さずにすんだ。

「家政婦さんがいるんだから、そんなはずもないな」

遥は完全に事態を楽しんでいる。

もうこの場を逃れたかった。

しかし遥は佳人にますます残酷になる。

「おまえ、もしかして俺が好きか」

佳人はハッとしたように一瞬だけ目を見開き、それからすぐに遥から視線を逸らした。

「本当は俺にハメてもらいたいのか。俺が無視しているから拗《す》ねているわけか？」

「いいえ」

膝に置いた手の震えを、着物を摑むことで抑えようとしながら、佳人は大きく首を振る。

「あなたなんて嫌いです。好きになれるはずありません」

それ以外に返せる言葉はない。

実際、こんな遥は嫌いだと思う。

「ああ、そうだろうよ」

遥は苦々しげに佳人を睨みつけてきた。

同時に今度は髪を引き摑まれた。

容赦なく髪を引っ張られ、否応なしに遥との距離を詰めさせられる。

「俺はいつも気まぐれだ。おまえのことも気分次第だし、あれだけおまえが固執した社会人生活も続けさせなかった。せっかく馴染んできたばかりのところだったのにな。恨みこそすれ、好きになるはずがない」

顔を背けたいのだが、遥は髪を指に絡ませて引っ張り続け、そうさせない。

「親分は恨んでなくても、俺はどうだ。あのまま足を折られて外に放り出されたほうが幸せだったと思っているんだろう？」

「思っていません」

「正直に言え！」

遥は異様に執拗《しつよう》だった。香西の訪れが遥をかつてないほど苛立たせたのだとしか考えられない。

「思っていないけれど、今夜のあなたは嫌いです！　あなたらしくなさすぎる……あっ！」

佳人の髪を摑んだまま遥が立ち上がった。

促されて膝立ちにさせられる。遥が髪から指を離さないので従うほかない。

目の前に遥の腰があった。

着物の下はまだ隆起したままの状態を保っている。

佳人はハッとして目を背けていた。

「嫌いでもなんでも構わん。おまえにどう思われても痛くも痒くもないんだ。おまえは俺を慰めさえすればいい」

「もう嫌です！」

「嫌ですむか」

一時の感情でまた遥が事後に後悔することを考えると、佳人はたまらない。

あの思いをもう一度繰り返すのはごめんだ。

しかし、遥は許さない。佳人の心配や躊躇《ちゅうちょ》など歯牙《しが》にも掛けないのだ。

「ほら、この口と指で慰めろ」

顎を壊れそうなほどきつく摑まれて、無理やり唇を開かせられる。顎の痛みに耐えられなくて、いつまでも強情を張っていられなかった。

遥はもう片方の手で着物の裾を開く。

佳人も観念するしかなかった。


自分でもどうかしたのではないかと思うほど、今夜の遥は冷静さを失っていた。

それほど酒が入っているわけでもない。

それなのに佳人を前にしていると、抑えきれないような激情を覚えたのだ。

「舐めろ。好きなんだろう、男のこれが」

遥が自分の手で摑み出してみせたものに、佳人は抵抗するのを諦めたように指を伸ばしてきた。

佳人の指はひんやり冷えている。竿全体を手のひらで握り込まれたとき、遥は体にビリビリと電気を流されたような快感を覚えた。

佳人は膝立ちになったままで、遥のものに丁寧な手淫を施す。皮をずりずりと上下に扱《しご》き、剝き出しになった亀頭を親指の腹で撫で回す。もう一方の手では陰嚢《いんのう》を揉み、たまに持ち上げては落としたりし、会陰《えいん》にまで指先を往復させたりする。

文句なしに気持ちがよかった。

声を嚙み殺すのに苦労する。じっと立っているのもひと苦労で、佳人の細い肩に片手を置いた。

遥が呼吸を乱し始めると、佳人は指で根本を支えたまま頭を寄せる。

固くなった茎全体に唇を触れさせてから、先端に浮き出た透明な溜まりに舌を這わせてきた。遥は小さく呻いて仰け反る。

過敏な先端を尖らせた舌先でくじられ、小さな穴の中まで舐められる。遥は快感に翻弄されて、佳人の髪をグシャリと掻き混ぜていた。

徐々に全体を喉の奥深くまで受け入れてもらい、温かな口の粘膜に包み込まれると、遥も感じている気分を、押し殺した喘ぎ声や溜息にして出さずにはいられない。

「……うまいな、おまえ」

佳人のほうは終始無言だったが、遥の反応に合わせて吸引に強弱をつけたり、口から指の奉仕にしてみたりと、あらゆる形で応えていた。

遥の勃起は先走りと唾液とでぐちょぐちょだった。佳人の手と口の周囲もべったり濡れている。細い顎は絶え間ない奉仕に疲れてガクガクしているだろう。それでも佳人は遥の快感のために一生懸命尽くしてくれる。

遥は自然と佳人の頭を撫でていた。

「他の男に、こんなまねをすれば……承知しないぞ」

遥は熱い呼吸の合間に、言葉が切れ切れになりながらも、佳人にそう釘を刺した。

佳人が頷く。遥を口いっぱいに含んだままだったので遥の茎に軽く歯が触れ、その刺激がまたたまらなく脳髄を痺れさせた。

もういきたい、と遥が佳人の膨《ふく》らんだ頰を指先で軽く叩いて合図すると、佳人はぐっと強く遥を吸い上げた。

遥は快感に仰け反りそうになる。

唇の粘膜を張りつかせつつ扱くようにして佳人が顔を上げていくと、遥のものは先端を残して温かな口の中から外に出されている。

すぐに指が絡みついてきた。

ぎちぎちに扱かれる。

同時にまだ口に含まれたままの亀頭は、口と舌とで激しく翻弄された。

遥はたまらなくなって腰を揺すり、首を反らせて天井を向く。

腰に次々と溜まってくる快感が、徐々に大きな波になりつつあった。

「いく。……もう、いく」

佳人が射精を促すように茎を深々と口の中に含み、亀頭に舌を絡める。

その途端に遥は欲望を吐き出していた。

どくどくと零れ出る遥の精を、佳人がすべて受け止めて嚥下《えんか》する。

遥は大きく胸を上下させながら、ゆっくりと佳人を見下ろした。

まだ股間を唇に含んで清め続けている佳人の細い肩や綺麗な髪などを、満ち足りた心地で眺めやる。

もう少しで感情が零れそうになったが、遥は素直な表し方を知らなかった。

佳人がそっと遥のものから口を離す。

遥の前はきちんと元通りに戻されていた。大島紬《おおしまつむぎ》の下に仕舞われた剝き身の一物はさっきまでの凶暴な猛りを鎮められ、信じられないほどおとなしく収まっている。

佳人自身は濡れていないほうの手の甲で軽く口元の汚れを拭っただけで、衿も裾も大まかにしか直していなかった。

少し疲れたような気怠い表情がまた男の欲情をそそる。

罪作りなほど色気のある男だ、と遥は思う。

佳人の体も疼《うず》いているのではないだろうかなどと淫らなことを想像し、このまま押し倒してしまえば面倒な言葉など何もいらない気さえする。

ところが佳人はひどく冷めた目を向けてきて、遥の怒りをぶり返させた。

「もう、いいですか?」

いかにも義務を果たしたと言わんばかりのセリフである。

せっかく満たされきって心地よい気分に浸っているときにそんな言葉を吐かれ、遥はたちまち険悪な気分になった。

まるで佳人に軽蔑され、嫌悪された気がする。

「なんだその言い方は」

遥はさっきまでの甘い気持ちをたちどころに狂暴なものに豹変させていた。

「今度はおまえの番だ」

佳人は意味が汲めないようで、長い睫毛《まつげ》を軽く瞬かせたきり、遥の顔色をじっと見ている。

遥はとことん佳人を傷つけないと気がすまなくなった。

「おまえがいくところを見せろ。俺の前で自慰をしてみせろと言っているんだ。今さらわからない振りが通用するか」

「嫌です」

佳人は信じられないことを聞かされたように目を瞠《みは》り、拒絶する。

本気で嫌がっているのがわかり、遥はますます残酷になった。

「上品ぶるな。どうせ親分の前で子分たちに弄《いじ》り回された経験もあるんだろうが。尻にいろいろな道具を突っ込まれて、よがり狂っていたくせに」

「やめてください」

「胸も前も尻の奥も舐め回されてイッてたんじゃないのか、え？」

「やめてください！　聞きたくない」

遥としては気の向くまま勝手なことを言っただけで、単なる言葉遊びのつもりだった。

しかし佳人は蒼白になって首を左右に振ると、悲痛な声を出す。そして唇を切れるほど強く噛みしめてしまった。

どうやら本当にそれに近いことをされていたようだ。

「……おまえが逆らうからだ」

「あなたのことを、これ以上酷い人だと思わせないでください」

佳人が震える声で低く返す。

決して顔を上げようとしないのが、佳人の傷心をはっきりと遥に教えていた。

「してみせれば……あなたを満足させられるんですね」

俯いたままで佳人は着物の合わせを両手で開こうとした。

細い指がぶるぶると細かく震えている。

それに気づいた遥はたちまち気を削《そ》がれた。

手応えのない相手をいたぶってもつまらない。弱い者苛めは趣味ではないのだ。

「もういい。出ていけ」

遥が面白くなさそうにそう言い捨ててそっぽを向くと、佳人は弾かれたように立ち上がり、振り返りもせずに部屋を出ていってしまった。

残された遥の心の中では、腹立たしさと、佳人を追いつめた後悔が渦巻《うずま》くのだった。

遥は通いの家政婦をまだ雇っている。月曜から金曜まで毎日十時にやって来て、ひととおり家事をすませ、夕食の支度が終わると帰っていく。おかげで佳人のすることは本当に何もなかった。遥はいっこうに家政婦を断る気配もない。

佳人の毎日は、ここに来たての頃よりももっと退屈で張り合いのないものだった。

「ドライブでもしていらっしゃれば？」

四十代後半のきびきびした家政婦は、佳人にずっと家にいられるのが面倒くさいらしい。しょっちゅうそんなふうに外に行くことを勧める。働き者で怠けようなどと考えている人でないのは確かだが、佳人とどう接すればいいのかわからないし、そんなことで煩わされたくないようだ。

それも無理はない、と佳人も思う。

二十七にもなる病気でもなんでもない男が、日がな一日家でぶらぶらしているのだ。おまけにこの家の当主はこれまた三十二という脂《あぶら》ののりきった歳の独身男なのである。いったいどんな関係だと疑われても仕方がない。

しかしあまり外に出る気はしなかった。

一人では外出したり遊んだりしたことがなかったので、どこに行けばいいのかもわからないのだ。せっかく自分用として車を与えられているのに、遥と墓参りに行って以来、ハンドルを握ったこともない。

佳人は昼間は庭を散歩したり、月見台でうたた寝したりして過ごし、夕方からはずっと読書をして過ごしていた。

何かして働きたくてたまらなかったが、遥は取りつく島もない。

考えれば考えるほど、あのとき投げつけられた林檎は痛かった。

本当のところ遥は佳人を心配してくれたのだ、と思っていたかったのだが、こうしてずっと無視され、冷淡に扱われてばかりいると自信がなくなってくる。

遥の気持ちがわからない。

わかったかと思うと、次の瞬間にはそれが怪しくなる。二人の関係はその繰り返しだ。

遥が唯一佳人を気遣ってくれたと考えられるのは、ずっと立入禁止だと言っていた書斎を最近になって開放したことだ。

これは佳人には思いがけない幸せで、想像以上に慰められた。

たぶん、遥は佳人を必要以上に傷つけてしまったことに負い目を感じたようだった。書斎に呼ばれたのは香西が来た翌日で、あくまでぶっきらぼうだったが、言外には佳人に詫びる気持ちが確かに感じられた。佳人はそれだけでも遥に対する蟠《わだかま》りをなくすことができた。

遥の書斎は素晴らしかった。

ここは重い家具を置くのを見越してだろうが、洋風の造りになっている。

壁面二つを潰して床から天井までの本格的な書架を設《もう》け、そこにびっしりと隙間なく本が詰まっている。何日眺めていても飽きなかった。こんなものが、というような蔵書もあるし、意外とお手軽な文庫本も並んでいる。几帳面な質らしく分類分けもきっちりしていた。

美しい紫檀《したん》のデスクには、ハイスペックのパソコンが載っており、遥はそれでインターネットに繋ぐことも許可した。特に躊躇いもせずパスワードを明かしてくれたのだ。

遥の趣味、興味の対象、考え方、そんなものを物語る貴重な品々で埋められた空間は、佳人にあらためて遥という男のさまざまな側面を教えてくれる。遥を信じたがっている自分の心に自信をつけさせてくれる。知れば知るほど、遥は決して佳人を弄《もてあそ》んでいるのではないと思えてくるのだ。

部屋にはなんとなく遥の匂いが残っている気もした。たぶん遥がスーツを着るときにつける香水の香りなのだろう。不思議とそれが佳人を落ち着かせ、離れ難くさせる。

ただぼんやりしているだけでも何時間でも瞑想《めいそう》に耽《ふけ》って過ごすことができた。

佳人は天気の悪い日などはずっとここにいることがある。

書斎には家政婦も入ってこない。

外は憂鬱な雨でも、心ゆくまでうたた寝したり読書やインターネットをしたりして楽しむことができた。

夕方以降はいつ遥が戻ってくるかわからないので、決して立ち入らないように気をつけてもいた。遥も佳人のそういう礼儀正しさを認めているのだろうと思う。だからこうして自分の城を明け渡してくれたのだ。それは書斎を使っていいと言われたとき、まず最初に感じたことだった。

信頼がないようである。そしてまた、あるようでない。

変な関係だと佳人は思う。


その日は朝からずっと雨だったので、佳人は一日中書斎に籠もって読書をしていた。

デスクにある電話がチカチカと点滅し、すぐに他で取った状態を示す赤ランプの点灯になった。昼間この家に電話がかかってくるのは珍しい。なんだろう、と思っていたら、すぐに内線コールで呼び出された。

家政婦が、佳人宛に電話だと告げる。

佳人はまるで心当たりがなく、訝しく思いながら電話に出た。

やあ元気にしているか、などと親しげに言われても、佳人には最初、誰だかまるでわからなかった。失礼ですが、と問い返すと、相手は愉快そうに笑いながら、『東原だが』と名乗った。

佳人はもう少しで受話器を滑り落としてしまうところだった。

川口組《かわぐちぐみ》若頭の東原はもちろん知っている。

しかし、彼と個人的に話をしたことなどはまるでなく、相手がわかって、かえって目的がわからなくなった。遥と東原が親友のように付き合っているのはなんとなく察せられるが、東原は佳人に電話してきているのだ。

『一度様子を見に行こうかと思ってたんだが、俺もばたばたしててな』

東原はあまりにも気さくだった。

理由もなく気さくだから、佳人はなおのこと恐ろしいと感じた。

『この前香西の親父さんがそっちに行ったろ。遥のヤツがカリカリしてたぜ。俺は遥を愛してるが遥はおまえさんにぞっこん惚れてやがる。にくいねぇ』

遥が佳人にぞっこん惚れている……佳人の耳朶《じだ》に、東原の軽口を叩くようなさらりとしたセリフがしっかり引っかかる。

本当だろうか。

柳もよくそんなふうに言っていたのだが、佳人にはどうしても実感が湧かない。

『どうだ、今から迎えに行くから、俺とドライブしないか』

佳人は返事に詰まる。

東原と一緒なら遥も外出を許すのかどうか、悩むところだ。佳人には決めかねる。

仕方なく、今日は雨です、と言うと、電話の向こうで東原は腹を抱えて笑いだしたような感じだった。

『おまえ、かわいいなぁ。おまけに肝も据わってやがる。俺相手に今日は雨だからなんて断り文句を言うやつには今までお目にかかったことがない』

佳人は困って黙るしかなかった。

東原にからかわれているだけなのだろうか。

『安心しな。遥もあとで合流することになってる。いいか、十分でそこまで迎えに行くから支度して待ってろ。ホテルのレストランで会食しようという話になったんだ。俺がそろそろ一度おまえに会わせろと強引に迫ったから遥も承知したんだが。遥は忙しいやつだから、自由の利く俺がおまえを連れてくる役を買って出たわけだ』

遥は渋っていたがな、と東原はまた楽しそうに笑う。今度のはかなり意地の悪い笑い方だった。

東原は一方的に喋るなり、じゃあな、と電話を切ってしまった。

十分で来ると言われても焦ってしまう。

ホテルのレストランで食事と聞いたが、佳人はそんな場面で着る服など持っていない。会社に行くとき着ていたスーツでいいのだろうか、と考えつつ書斎のドアを引いた。

「おいっ、おまえっ！」

ドアを開けた途端に廊下に立っていた浦野と鉢合わせし、おまけに怒鳴りつけられて、佳人は驚きに飛び上がりそうになる。

まるで予期していなかった。

第一、まだ三時過ぎなのになぜ浦野がここにいるのかが不思議である。

「浦野さん」

浦野の形相《ぎょうそう》は尋常ではなかった。

憤怒《ふんぬ》に赤黒くなり、目も眉も限界まで吊り上がっている。

佳人は思わず一歩後退った。

浦野の目が、佳人に自然と保身を取らせた。これはまずいとピンとくる。こういう、何かに囚われきった目をしている人間は、どんな行動に出るかわからないところがあるのだ。

「今どこから出てきた！　そこが誰の部屋か知らないのか？」

「浦野さん」

佳人は慎重に呼びかける。

どうにかして彼の激情を鎮めなければ、ということだけを考える。

こういうときには「落ち着いてください」さえ危険なことがある。自分は落ち着いているぞ、とますます怒りだす場合があるからだ。

「知っています、社長の書斎です」

「ならなんでおまえのような淫売が入るんだ！　そこは俺さえ立入禁止だったんだぞ！　なんで、なんでおまえが……おまえがっ！」

どうしよう、誰か、何か浦野の気を逸らすきっかけは、と思うが、どうやら家政婦は買い物に出てしまっているようだ。東原の電話を取り次いでからすぐに出掛けたらしい。確かにいつもこの時間には小一時間ほどいなくなる。

「おまえが来たせいだ」

浦野は決めつけた。

「おまえのせいで、どこの会社でも社長はゲイで屋敷に男を囲っているって噂が立っているんだ。社長の面子《メンツ》は丸潰れだ。ＡＶ撮ってる連中なんかな、女っ気のない社長とは思っていたがゲイとは知らなかったなんて言いやがってたんだぞ。社長自身あれだけ綺麗な顔をしているから、二人で絡んでくれたらビデオがヒットするだろうとか、そこまで言ってたんだ！　もちろん俺がぶっ飛ばしてきてやったがな」

「おれと社長はそんな関係じゃないです」

「当たり前だ！　社長がゲイなもんか」

浦野はずっと佳人の前に立ちはだかっている。背後は書斎のドアで、中に逃げるとそれこそ袋小路に入ったも同然の状態になる。それに逃げればそれだけでも浦野の興奮を煽《あお》るだろう。

東原が来てくれたら浦野の気も削がれる。

佳人はそれまで辛抱強く浦野の罵倒を浴び続けるのが一番いいと判断した。

「おまえのそのばかみたいに綺麗なツラがいけないんだ」

浦野の右手がスーツの上着のポケットに突っ込まれ、パチン、と不気味な金属音を響かせた。

ナイフを持っている。

佳人はゾクリとした。

折り畳み式のナイフだ。この音は何度か若い衆にいたぶられたとき聞かされた。佳人を毛嫌いしていた一部の連中は、香西の目を盗んではそうして佳人を脅し、虐めて遊ぶのが好きだったのだ。

「浦野、さん」

ヒュッと空気を切る音がして、浦野の手にはあっというまに刃を出したナイフが握られている。元々遥のボディガードを兼務していた男だから、武器の扱いも心得ているはずだ。

「この綺麗な顔、少しくらい切り刻めば、おまえもかえって男らしく生きるきっかけになるんじゃないか」

ピタリと刃を頬に当てられ、佳人は切られることを覚悟した。

そのとき、表の砂利を踏みしめて誰かが玄関に向かってくる足音がした。

東原だ、と思った。

浦野は佳人の顔をどう刻もうかと倒錯した快感に夢中のようで、気づいた様子はない。

東原がインターホンを鳴らすか、玄関扉を開けるかするときがチャンスだった。

できればいきなり扉を開けて欲しい。

インターホンなら、一瞬気は逸らせるだろうが、中で何か起きていると気づいてもらえない可能性が強い。下手をすればかえって浦野を慌てさせ、闇雲《やみくも》に行動させかねない。

「へへっ、怖いのか?」

浦野が舌なめずりする。

「だけどしょうがないよなぁ！」

ガバッと浦野がナイフを握った腕を振り上げたのと、佳人が浦野の右脇下をすり抜けようと身を屈めたの、そしていきなり玄関扉が引き開けられたのとが、ほぼ同時だった。

書斎のドアは玄関の出迎えのすぐ傍だ。

「東原さんっ！」

佳人が声を上げて救いを求め、浦野に体当たりする。

うおっ、と浦野がバランスを崩すが、すぐにまた体勢を立て直したかと思うと、脇をすり抜けかけた佳人の胸板を腕で掬《すく》い上げるようにして捕まえ直す。

あっというまに佳人はまた書斎のドアに背中を叩きつけられた。

「小賢しいまねすんじゃねぇよっ！」

「やめろ、浦野！」

浦野がもう一度振りかざした腕を、背後から怒声を上げて突進してきた男が摑んで封じようとする。

「邪魔すんなっ！」

相手の拘束から逃れようと、なりふり構わずむちゃくちゃに腕を振り回す浦野のナイフの切っ先が、背後で浦野を羽交い締めしようとしていた男のこめかみをシャッと鋭い音を立てて切り裂く。

バッと佳人の顔にまで血飛沫が飛んできた。

佳人は浦野の背後の男を見て、

「遥さんっ！」

と驚愕の悲鳴を上げた。

その声が浦野の理性にも働きかけたらしい。

浦野が暴れるのをやめたのだ。

遥はこめかみを結構深く切られたらしく、ダラダラと血を流している。

「しゃ、社長！」

「嫌な予感がしたんだ」

浦野がブルブル震えだす。

「遥！　何事だこれは！」

遥が開きっぱなしにしてきた玄関から、今度こそ東原が飛び込んでくる。

浦野が身を翻《ひるがえ》して逃げ出した。

すでにパニックを起こしているのだろう。

東原が浦野を難なく取り押さえ、庭先に向かって恐ろしくドスの利いた声で、

「おいっ、てめぇら！　出てこい」

と叫んだ。

すぐにバラバラと二人の男が駆け寄ってくる。

東原を常に陰から護衛している若い衆のようだった。表だった仰々《ぎょうぎょう》しいボディガードを嫌う東原も、決して一人でブラブラと出歩いているわけではないようだ。

浦野は東原がどうにかしてくれるだろう。

「おい。大丈夫か」

遥が佳人の体を自分の腕に抱き込むようにして、必死の形相で聞いてくる。

それは佳人のセリフだった。

遥は顔の左側面にだらりと血の筋を流しているのに、いっこうにそのことを気にかけようとしない。

「あなたこそ、こんな、こんなに血が」

「おまえは無事かと聞いているんだ!」

遥に恐ろしい剣幕で怒鳴りつけられ、佳人は夢中で頷く。そんなに額に皺《しわ》を寄せて怒鳴ると、ますますこめかみから血が噴き出してくる。気が気ではなかった。

「おれはなんともない。一筋も切られていません」

「本当だな?」

遥の長い指が、確かめるように佳人の顔全部に触れる。額の前髪も跳ね上げられ、生え際まで確認された。

「よかった」

心底遥は安堵したようだった。

一度強い力で佳人の上半身を抱き竦め、後頭部を撫でてから、はっと気づいたように今度は押しのける。抱きしめられたかと思えば突き放されて、佳人もいい加減腹立たしくなってきた。なぜ遥はこうなのか。これほど自分の身を案じてくれた男の本心を察せられないほど佳人は鈍くない。それなのにまだ悪足掻《わるあが》きする遥の強情さには呆れてしまう。

「なにやってんだか」

佳人の言いたかった言葉は、遥の背後にいつのまにか戻ってきて、腕組みして立っていた東原の口から代弁された。

遥が東原を振り返る。

「ああ……辰雄《たつお》さん」

ようやく東原の存在に気づいた、という感じだった。

東原が渋い顔をした。

「かなり切られたみたいだな。そのぶんじゃ今日は流したほうがよさそうだな」

「すみませんね。そうしてもらえたら助かりますよ」

ふん、と東原は仕方なさそうに肩を竦める。

東原は佳人にも視線をやり、またな、と言うと、そのまま玄関扉を閉めて出ていった。

佳人は茶の間で遥の額に包帯を巻いた。遥が頑《がん》として病院には行かないと言い張るので、仕方なく応急処置だけしてある。

遥は胡座をかいたまま、佳人のするに任せている。

「どうしてこんな危険なことをするんですか」

佳人はそれしか言えなかった。

「誰だってあんな場面を見せられたら俺と同じことをする」

遥は相変わらず愛想もくそもない仏頂面をして、感情の籠もらない声で言う。

「べつにおまえだからしたわけじゃない」

「それは、それはわかっていますけど」

遥は佳人の返事を嘲笑うように、ばかめ、と言い放つ。

佳人は悔しくなってしまい、遥を睨みつける。ここで「ばか」はないと思う。

「おれはばかじゃありません。ばかはあなたのほうです。どうしておれなんか放っておかないんですか。あなたの考えていることはちっともわからない」

いつになく饒舌《じょうぜつ》になり、今まで言えなかったことを次々に口にしていた。

怪我をした遥を見てついに、ずっと溜め込んできたものが爆発したような気分だった。

「以前のことだってそうだ。おれに関心がないようなことを言いながら、林檎が目に当たったくらいで大騒ぎする」

「悪いか」

遥がふてくされたような返事をして、佳人の腕を乱暴に引き寄せる。

佳人は遥のすぐ斜め前に座っていたので、あっというまに遥の腕に抱き込まれていた。

「は、放して、ください」

「嫌だね」

遥がきっぱりと拒絶する。

「どうしてですか。こんなのは、変です」

「なぜ」

「あなたらしくない」

「どういうのが俺らしいんだ」

佳人はそう聞かれると具体的な返事ができない。

もっと冷たい態度、もっとそっけなくて、もっと意地悪で、としか思い浮かばないのだ。

「林檎が当たって心配するのが悪いか」

遥はすっかり開き直っている。

「おまえは俺のものなんだ。持ち物の心配をするのは持ち主の義務だ。一筋の傷もつけたくないと思えば、こうして自分が盾になってでも守る。それのどこが悪い」

「悪くはないけど、おれは、わからないから……」

「なにが」

「あなたの気持ちが」

「だからおまえはばかだと言うんだ」

遥はフッと笑う。

口角だけ吊り上げたような傲慢《ごうまん》な笑みだったが、いかにも遥らしかった。

綺麗な顔をしているのに、なんとなくこういうヤクザめいた不敵な表情も似合う。

「どんな言葉を期待しているんだ。まさか、愛してるとでも言ってほしいのか」

佳人はあまりに極端なことを言われてしまい、遥の腕に抱かれたまま身動《みじろ》ぎすることしかできない。

遥はまた面白そうに笑うと、抱き寄せていた佳人の体に回していた腕を解く。

あっ、と思ったときには畳に押し倒され、上からのし掛かられていた。

「知っているか」

遥は凄味のあるなんともセクシーな声を出し、押さえつけたままの佳人に迫る。

「男は血を流すと興奮するんだ」

佳人は遥の息を呑むほど凄まじい艶に、くらくらと頭の芯が痺れるような気がしてきた。まだキスの一つもされていない、シャツのボタンに指さえ伸ばされていないのに、すでに一度抱かれて体の最奥をめちゃくちゃに蹂躙《じゅうりん》されたあとのような、そのくらい激しい陶酔《とうすい》感があった。

佳人は目を閉じた。

酩酊《めいてい》してしまいそうで、遥の瞳を直視できない。

遥の長い指が、佳人の尖った顎のラインをツッと撫でて通り過ぎていく。羽毛で撫でられているような優しい指使いだった。

佳人が恍惚《こうこつ》とした溜息をこぼした途端、遥は乱暴にシャツの衿を開き、佳人を裸に剝いた。


最初に噛みつくようなキスをされた。

遥の形のよい唇が、佳人の唇をぴったり塞ぐように押しつけられてくる。軽く歯を立てて噛まれたり、きつく吸われたりと、何度も角度をずらしながら接合を繰り返された。

佳人が息苦しさに唇を薄く開くと、すかさず遥の舌が口の中に入り込んでくる。

「んっ、ん……」

上顎の粘膜や歯茎の裏を舐められ、湧いてきた唾液を掬いとられ、舌を吸い上げられる。頭の芯が痺れるような深いくちづけだった。

言葉のあやでもなんでもなく、遥は激しく昂奮し、欲情している。佳人の腰に当たる遥の股間はすでに硬く勃っていた。

「遥さん、あ」

喉に遥の唾液が送り込まれてきて、佳人は陶然としたままそれを飲んだ。遥は一度では許さず、佳人の下顎を指で押さえつけ、何度も飲ませる。二人分の唾液が佳人の顎を濡らしていた。嫌悪感はなく、ただ夢中で遥に従っていた。

佳人までどんどん昂ってくる。

瞳はきつく閉じ合わせていた。とても目を開ける勇気がない。遥の顔を見たら恥ずかしくて居たたまれなくなりそうだった。

生理的な涙が目尻に浮いてきて、それがすーっと頬に伝い落ちる。

遥はそれを指で掬いとった。

「目を開けろ」

遥に命じられ、佳人はそっと目を開ける。

目の前に、遥の男らしく整った顔があって、じっと見つめられていた。

遥は佳人と目が合うと、またキスしてきた。今度のキスは軽く唇の感触を味わうだけのようなキスで、そのまま顔中に同じようなキスを降らせる。鼻頭、両の瞼、額、頬、顎と、隙間なく触れてくるのだ。

顎にキスしたあと、遥は佳人の細い首筋を唇で辿り、鎖骨の窪みを舌先で舐めた。

「あっ」

同時に指で乳首を転がすように撫でられ、佳人は体を震わせた。

体中の性感帯を開発され尽くしている佳人だが、そこは特に弱かった。香西が念入りに手をかけたからだ。相当淫らに虐め抜かれたおかげで、今では少し触れられただけで膨らんで尖り出てしまう。

「胸が好きか」

「う、あっ、あっ」

「弱いな。そんなにいいか」

遥が意地の悪い語調で言う。

佳人は首を振って否定しようとしたが、摘み上げられ、くりくりと擦られ、爪で引っ掻かれると、堪らなくなって悲鳴を上げ、顎を仰け反らす。押しのけようにも遥はびくともしない。

「あぁ、いや。あ」

過敏な胸を責められ、佳人は変になりそうだった。

遥は自分の下でのたうつ細い体を満悦した笑みを浮かべて見ている。

佳人は遥の頑丈な腕に縋り、許して、と泣いた。しかし遥は許さない。もう少し泣いてみせろ、と突っぱね、飽きずに乳首を抓《つね》り上げながら、左手でジーンズ越しに半勃ち状態だった佳人の股間を確かめてくる。

「感じてるじゃないか」

「いや、いや、ああっ、あっ」

嫌と繰り返しながらも佳人の声は濡れていた。

遥は乱れる佳人に自分の欲望をますます高めたようだ。

手当ての際にネクタイを外してボタンをいくつか開けていたシャツを脱ぎ捨て、ベルトも外す。

佳人は遥の裸を風呂場では何度か見たことがあるが、こうして自分の上にのし掛かってこられると、ひどくエロティックに感じた。引き締まった腹部も発達した胸の筋肉も、そこから続く上腕の美しさも、官能を掻きたてる。

抱かれるのだ、とあらためて思う。

体の芯が甘く痺れ、疼いてくる。

佳人は飢えていた。それはたぶん、男に飢えていたのではなく、遥に飢えていたのだ。

「遥さん」

体を起こし、遥の股間に指を伸ばす。

遥は黙って畳に座って両脚を投げ出すと、佳人の体を足の間に入れた。そして自分も佳人の太股の付け根に手を入れてくる。

向かい合わせに座ったまま、互いのものを窮屈《きゅうくつ》な下着の中から取り出す。

佳人は遥の手で握られ、恥ずかしいほどすぐにいってしまった。

遥のものはまだまだ硬いままなのに、佳人は茎を何度か擦られただけで達したのだ。羞恥に顔が上げられなかった。遥の手は佳人の放ったべっとりした精で汚れている。

「久しぶりだったみたいだな」

遥は優しく佳人の顎に触れてくる。下顎を指でくすぐるように撫でられ、軽く擡《もた》げさせられて、それからキスされる。まるで恋人のように扱われていた。

「すみません、あの、すぐ拭きます」

「いい」

遥はぶっきらぼうに返事をすると、血を拭くときに使った濡れタオルを自分で取って、それで始末する。

佳人は遥の裸の胸に唇を寄せ、啄《ついば》むようなキスをしながら、股間に指を使い続けた。遥は気持ちよさそうな吐息を洩らす。佳人が口に含むと、もっとよさそうだった。

佳人は遥の先端を舌でくすぐりながら、茎を指で扱く。

「うっ……あ」

遥の下腹が耐えるように上下する。

もう少しでいきそうなのに抵抗している。

遥は佳人の頭を上げさせ、熱い息を吐きながらまた唇を求めてくる。とにかく佳人とキスがしたくてたまらないような感じだった。

「ここでいいか」

キスの合間に遥が言う。

「それともベッドに行きたいか？」

「ベッドに……」

返事さえも途中でキスに遮られた。

もう何度目だか覚えていられないほどキスをしている。

「もうすぐ、家政婦さんが戻ります」

遥にとってそんなことはどうでもいいことのようだったが、佳人がベッドでと言ったらベッドに行く気のようだった。

服はその場に脱ぎ散らしたまま、二階に上がる。

佳人は遥の寝室に初めて入った。

佳人が使わせてもらっている部屋とほとんど広さは変わらない。ただ本当に寝るためだけの部屋らしく、ダブルサイズの立派なベッドが据えてあるだけだった。

今度はそのスプリングの利いたベッドに押し倒された。

遥は佳人のジーンズと下着を足から抜き取ってしまうと、佳人をベッドの上で這わせた。肩は落としてシーツにつけるように言われたので、腰が高く上がり、おそろしくいやらしい姿を晒すはめになる。

佳人は羞恥のあまり枕に顔を埋めた。

枕にもシーツにも遥の匂いがついている。それが佳人の官能を刺激した。

遥の手で尻の肉を左右に開かれた。

「ああっ」

普段は窄《すぼ》まっている部分が開くのがわかった。空気に触れて、ひく、と収縮する。遥の視線も感じられて、泣きたくなるほど恥ずかしい。

「淫らそうだな」

「見ないでください」

佳人は消え入りそうな声で哀願するが、遥が聞くはずもない。

ぬるりとした生温かな感触がそこを直撃した。

「だめ、だめです。やめて、遥さん！」

「うるさい。じっとしていろ」

「いやっ、だめ、あぁぁ。そんなことしないで、しないでください！」

こんな部分を遥に舐められている。佳人は真っ赤になっていた。見られるだけでも恥ずかしくて死んでしまいそうだったのに、あろうことか舌で解されているのだ。

「もっと膝を開け」

奥まで舐めてやる、と遥は実に楽しそうだった。

逆らっても、遥は強引に自分の膝を使って佳人の膝の位置をずらさせてしまう。その間中、両手は尻を開いて固定したままで、舌先は襞《ひだ》や筒の入り口を舐め続けていた。

「うう、んっ、ああう……ああ」

「こっちもまた元気になったな」

再び勃起してしまっている前に気づいた遥は、片手をそちらに回した。握り込んで、濡れている鈴口を指の腹で撫でる。

「ううう、うっ、うっ」

佳人は淫らに揺れてしまう腰を抑えていられなくなった。

「俺の指がべとべとになったぞ。堪え性のない男だな、こんなに滲み出させて」

「はっ、あ、ん」

どんなに唇を噛んで我慢しようとしてもだめだった。どんどん体が熱くなってくる。

遥が濡れた指を佳人の窄まりの中に潜《もぐ》らせた。

「あーっ、あぁあ」

嬌声《きょうせい》が出るだけで痛みはまったく感じられない。

遥は佳人の体が慣れているのをみると、指を二本に増やす。

長い二本の指で筒の中を掻き回され、突かれ、佳人は快感にすすり泣いた。ときどきものすごく感じてしまう部分を指先で掠められるので、そのたびにはしたなく腰を振った。遥はそこを集中して責めるようになったので、たまらなかった。

「もうだめ、だめ」

「我慢しろ。まだいくな」

節操もなく何度も出すな、と叱られて、遥に根本を握りしめられる。

佳人は悶絶《もんぜつ》した。

「いきたい、いきたい。遥さんっ」

「だめだ。俺のを挿《い》れてやってからだ」

「ならもう挿れて。挿れてください！」

遥が硬くそそり立った己の勃起を、抜いた指の代わりにあてがってくる。

佳人は息を詰め、衝撃に備えた。

遥が腰を進めてくる。

ズンとした刺激が背筋を駆け上がり、脳髄を痺れさせた。

圧倒的な大きさに狭い器官を拡げられて、佳人は噎《むせ》び泣いた。

痛みだけではなく、ざわざわと神経を撫でるような快感がある。それがたまらない。

いつのまにか佳人は嬌声を上げながら受け入れた部分を淫らに収縮させていた。


佳人の体は絶品だった。

舐めてやるまでは慎ましやかに窄まっていた入り口は、遥の怒張したものを付け根まで呑み込んで締めつける。その気持ちよさは想像以上だった。

ゆっくりと腰を引いて茎を少し抜き出すと、痛々しいほど広がった窄まりの襞が捲れ上がる。赤く充血して淫らに濡れた粘膜を見ながら、また腰を突くと、今度は内側を巻き込むようにして陰茎が再び佳人の中に沈み込む。遥はそれを何度か繰り返して楽しんだ。

佳人は堪らなさそうにすすり泣いている。

ゆっくりした抜き差しのたびに、エラが張った部分でいいところを擦られるらしく、よくてたまらなさそうだ。

遥はじっくりと佳人を責め続けた。

佳人からもっともっとよさそうな声を引きずり出したい。

佳人の勃起した先端は粘りのある雫を浮かべており、遥が指で弄ってやるとビクビクと震える。指を離すと糸を引いていた。

「気持ちいいか」

奥深くまで突いてやりながら遥は佳人の白い背中に浮かぶ汗を舐め取った。

背中の傷はまだ幾筋か残っている。

遥はその傷痕にも舌を辿らせた。

「あああ、あっ、あっ、あ」

もう佳人は虚勢を張る余裕もないようで、自分でも腰を揺すっていた。

「気持ちいいんだな。そうだろう?」

「あ、あ、あ。いい、いい」

佳人の顔は紅潮して薄く汗ばみ、とても綺麗だった。

遥は汗で湿った生え際に指を伸ばし、髪を梳き上げてやる。耳も赤らんでいた。耳朶に軽く歯を立てて噛みつくと、ああぁ、と泣く。

もっと虐めたくなって、遥は尖りきった乳首にも指を使った。

「ひっ、あっ、あぁあっ」

ギュウウと孔が締まって遥を圧迫する。

思わず遥も呻いた。

気持ちがいい。

「佳人」

遥は佳人の泣いている横顔にキスし、また股間を弄ってやった。

「もうだめ、もうだめ、遥さん、遥さん」

「おまえ、俺が好きか？」

「わからない」

佳人は頭を振り乱した。今そんなことを聞かれても考えられない、というようだった。

「いかせて、お願い」

「ふん。どうしたらいけるんだ。ここをもっと弄るのか？」

遥が前を軽く扱くと、佳人はうう、と嗚咽《おえつ》を洩らしながら首を振る。そしてますます尻の穴を引き絞った。

「もっと突いて……お願いです」

「はしたないやつめ。誰にでもそうやってお願いするのか」

「違います」

遥の意地悪な言葉に佳人は怒ったように言い返す。

「俺が好きか、佳人」

さっきした質問をまた繰り返す。

ちゃんと答えるまでは許さないつもりだった。

「……たぶん」

「たぶん、なんだ」

ゆるゆると腰を回しながら、遥は佳人を焦《じ》らしまくった。

「ああん、あ、あう」

「答えろ。好きだろうが嫌いだろうがかまわん。答えたらいかせてやる」

「あなたなんて、嫌いです」

佳人はうっ、うっ、と小刻みに呻きつつ言う。

「意地悪だし、自分勝手だし、向こう見ずで……あっ、あ……」

「どうした。最後まで言え」

「……本当は優しいくせに冷たい振りばかりする。だから、嫌いです」

「そうか」

遥は佳人の減らず口を罰するために、細い腰を両手でがっちり押さえると、荒々しい動きで内部を突きまくり、こね回して掻き混ぜ、蹂躙した。

佳人が泣き叫ぶ。

「許して、許して。あああ、あぁ、あーっ」

まず佳人の前が弾けた。

シーツにパタパタと精液が飛び散る。

遥もそんなに長くは保たず、佳人の中に夥《おびただ》しい量を放っていた。最後の一滴まで佳人の中に絞

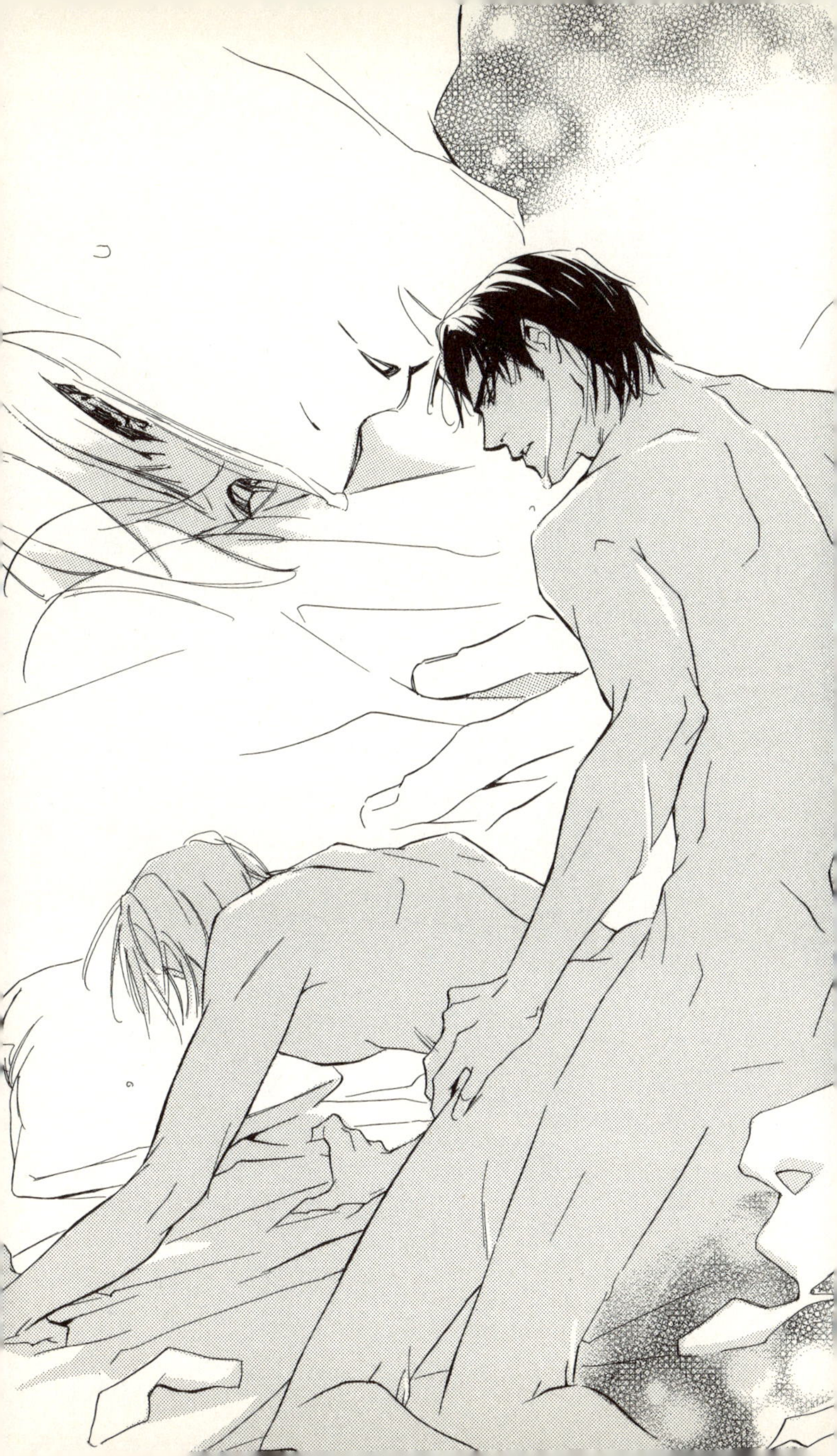

り出し、滑らかな尻を手のひらで撫で回した。支え手をなくした佳人の腰はガクリとシーツに落ちる。遥はまだ佳人の中から抜きたくなくて、そのまま一緒にベッドに突っ伏した。

「意地っ張りめ」

「……あなたのことですか」

乱れた呼吸の下からまだそんなことを言う佳人に、遥は込み上げる愛しさを隠せなくなる。佳人はどこまでも遥を失望させない。もし今佳人をなくしたら、二度とこんな相手に出逢えるかどうかわからない気がする。

遥は佳人の中からゆっくり自分を抜き出すと、あらためて佳人を抱きしめた。

「遥さん？」

少し戸惑ったように身動ぎする佳人をキスで黙らせる。

佳人は遥の腕でおとなしくなった。

汗ばんだ体をぴったりと合わせ、佳人の匂いに包まれていると、遥はひどく安堵した心地になる。今まで抱き合った誰にも感じることができなかった気持ちだ。

もう少し素直に佳人に接してもいいのかもしれない。

遥はすでに自分の言動に自分でも収拾がつかなくなっている。混乱しているのは佳人ばかりではない。実は自分が一番戸惑っているのだ。

「嫌じゃなかったか。俺に抱かれて」

佳人は微妙に赤くなりつつ、はにかみながらも頷いた。

「そうだな。死にそうなほどよかったみたいだったな」

遥がからかうと佳人はますます赤くなる。腕を緩めてやると遥に背中を向けてしまった。初々しくてかわいい。

遥はスプリングを軋ませてベッドを下りると、壁に造り付けられているクローゼットを開き、バスローブを羽織る。

窓の外はまだ雨模様だった。しとしとと降り続けている。

「どうして家に戻ったんですか」

遥を見ていた佳人がベッドに横たわったまま聞く。

「どうしてだろうな。午後からは同行しなくていいと俺が言ったときの浦野の目が、俺を不安にさせたんだ。悪い予感ほど当たるものだな」

遥はベッドサイドに腰掛け、佳人の頬を指先で撫でる。

佳人はその遥の手首をそっと摑むと、手のひらを開かせてそこに軽くくちづける。

「明日は病院に行ってください」

「もう血は止まっている」

怪我のことなどすっかり忘れていた。

「家政婦さん、廊下の血を見てびっくりしたんじゃないですか」

「そうだろうな」

家政婦のことも頭から消えていた。

「あの小母《おば》さんは明日から来ないかもしれないな」

「どうしてですか？」

「流血沙汰はあるわ、雇い主は昼間から寝室に籠もって男相手にベッドを軋ませてるわだからな。やっぱり普通の小母さんは嫌になるんじゃないか。茶の間はボタンの飛んだシャツだのベルトだのが散らかり放題なんだし」

「また新しい人を雇うんですか？」

「おまえはどうしたいんだ」

佳人はそのまま切り返されて戸惑いつつも、

「おれにも、なにか仕事をさせてください」

と思い切った調子で頼んだ。

「なにがしたいんだ」

遥はまた質問を重ねる。

今度も佳人は躊躇った。さっきよりも長く躊躇っていて、なかなか口を開かない。

遥はフッと口元だけで笑うと、佳人の鼻を摘み上げた。

「浦野の代わりの秘書が俺には必要だ」

佳人が目を見開く。

「やれると思うなら、おまえがやってみろ」

「遥さん」

佳人の瞳は半信半疑ながらも、期待に満ちて輝いている。

「ただし、生半可では務まらないぞ。俺は毎日毎日いくつもの会社を梯子《はしご》してまわっている。そのスケジュール管理を全部おまえがするんだ」

佳人はベッドから上半身を起き上がらせた。

「おれでよかったら、一生懸命やりますから使ってください。お願いします」

「そんなに働きたいか。ここでのんびりと読書でもしているほうがどれだけ楽かわからんぞ。おまえは俺の好意を全部天の邪鬼《あまじゃく》に受けとめるようだが、俺だって少しはおまえのためを思って行動しているんだ」

「遥さんの傍で働きたいんです」

佳人はきっぱりとした口調で言い切る。

遥の顔は自然と綻んできた。

「ならやってみろ」

「ありがとうございます！」

「ただし」

遥はピシャリと言い足して釘を刺しておく。

「俺の社用車を運転できるようになれよ」

佳人は一瞬だけ困った顔をしたが、すぐにそんな気弱な表情を消し、はい、と真っ直ぐな返事をする。遥は佳人のこういう勝ち気で前向きなところに惹かれるのだ。

「いいのか、本当に、俺の秘書で」

遥は最後にもう一度確かめておく。

「俺は冷たくて厳しくて愛想もくそもない男だぞ」

「知っています」

「めったに人を褒めたりしない。常に、やれて当たり前、というスタンスだ。それでいいんだな」

「いいです。そのつもりでがんばります」

「四六時中一緒にいるんだぞ。たまには車の中で押し倒すかもしれんぞ」

え、と佳人が遥を仰ぎ見る。

遥は佳人の綺麗な顔を、悪戯《いたずら》っぽくニヤニヤしながら見つめてやる。

「いいんだな、それで。なんだったら柳係長の下に戻してやってもいいぞ」

「……また林檎をぶつけられても、怒りませんか?」

ウッと遥は詰まった。

今度は佳人が人の悪い笑みを浮かべている。

「約束してくださるのなら、おれは事故係も好きだしやり甲斐を感じていたので、そっちに復帰します」

「だめだ」

遥は佳人を睨みながらムキになって否定した。

「それはだめだ。おまえなんか、俺の秘書でいいんだ。最初からそうしろと柳のオヤジさんも言っていた。明日から早速同行しろ」

クスクスと笑う佳人が憎らしい。

憎らしいのだが、かわいくて愛しくてたまらない。

遥は佳人を引き寄せて、いつまでも笑いやまない唇を塞いでやる。

「おまえは俺のものだ、佳人」

「はい」

「ずっと俺の傍にいると誓え」

佳人は誓う代わりに自分からも遥にくちづける。

二人はそうして何度も優しいキスを繰り返し、言葉に出さないお互いへの気持ちを確かめ合うのだった。

六月のサバラン

林檎事件のあと即刻黒澤《くろさわ》運送を辞めさせられ、再び遥《はるか》の家に籠《こ》もり切りの生活を送るようになって一ヶ月が経った。

べつに監禁されているわけではないのだから、その気になりさえすれば外出もできるし、そのための足である車まで与えてもらっている。働かせてもらって受け取った給料の多くは、これといった使い途《みち》のないまま給与振込口座に残ったままで、買いたいものがあれば買うこともできた。

それでも、なんとなく佳人《よしと》は家の外での愉《たの》しみを積極的に探す気になれず、日がな一日読書をしたりインターネットで調べものをしたりして、地味に変化の乏しい日々を送っている。

端《はた》から見れば、なにをそう卑屈になっているのか、なぜそんなふうに自虐的なのか、と思われるかもしれないが、佳人自身は決して卑屈なつもりも自虐的なつもりもなかった。修道僧気取りで欲を抑えた清貧な生活をしようと思っているわけでもない。

有り体《てい》に言えば、佳人には今のところ、外に対して開くドアが一つもないのだ。

十年間、香西誠美《こうざいまさみ》の私有物として扱われ、世界はそれ一色に塗り替えられていた。友人がいたのは高校時代の途中までで、今は誰とも交流がない。両親はとうに亡く、佳人は彼らの墓がどこにあるのかすら知らなかった。親戚とはとうの昔に疎遠になっている。

そんな中、ようやく黒澤遥という男と出会い、十年間続いた香西の許での生活が一変した。

戸惑いはあったが、長い間自分の将来を具体的に描けず、ただ一日一日をヤクザの愛人として過ごしていた身からすれば、そこから連れ出してもらっただけで僥倖《ぎょうこう》だった。

遥は佳人に一旦は仕事を与え、二十七にして初めて社会人経験をさせてくれた。嬉しかった。がんばろうと硬く心に決めて、誠意を持って任された事故係の仕事に勤《いそ》しんだ。遥も少しは認めてくれているかと思っていた。このままずっと定年まで働かせてもらって、少しでも遥に恩返しができればいいと考えていたのだ。

それが、たった一個の林檎《りんご》によってすべて失われるとは、想像もしなかった。

何度考えてみても理不尽な気がするし、納得できない。

だが、佳人は遥に買われた身だ。どんな処遇を受けても文句を言えないし、逆らうこともできない。佳人に関するすべては遥が決めるのだ。働けと言われれば働くが、家にいろと言われればいるしかない。

体を拘束されているわけではなく、ある程度の自由は与えられているのに、したいことがないというのは、存外苦痛なのだと思い知らされる。まだ外の世界を知らなすぎて、いきなり一人で放り出されても、遊び方がわからないのだった。

見ようによっては気楽で優雅な無職生活がちょうど一月を超えた頃、事故係の柳《やなぎ》係長から電話があった。

『よう、久保《くぼ》。元気にしてるか？』

久しぶりに屈託のない声を聞き、佳人は懐かしさで一杯になった。

普段誰とも喋らないので、自分の声がちゃんと相手に届いているか心配で、受話器をぎゅっと握りしめてしまう。

遥とは毎日のように顔を合わせるが、必要最低限の会話しかしない。お互い口数が増えるのは、たまに興奮して言い合いになったときくらいだ。ギリギリまで自分の気持ちを抑えた挙げ句の爆発で、のちのち必ず後悔する。少し前にも、香西誠美が不意に訪ねてきたことをきっかけに、遥と一揉めした。胸を抉《えぐ》られるほど深く傷ついて、それでも意地を張ってしまったが、あのときは遥も相当後味が悪かったようだ。

平日の日中は家政婦協会から派遣されている松平《まつだいら》という通いの家政婦さんがいるが、彼女とは極力顔を合わせないように努めている。なんとなく胡散《うさん》臭がられている気がして一緒にいると落ち着かないのだ。働き者の彼女に、若いくせに職に就かない怠け者だと冷ややかな目で見られているのではないかと思うと居たたまれない。

そんなふうだから、柳が昼休みに思い立って様子伺いの電話をくれたことが、本当に嬉しかった。この電話一本で、ようやくまた世界と繋がりが持てた気さえした。

『たまには外に出ろよ。いつまでもぶすくれてないで、もう社長を許してやりな』

柳は遥との付き合いがそれなりに長いせいか、結構ポンポンと言いたいことを言う。裏も悪気もまったくなく、それどころか柳は遥を息子同然に気にかけている節がある。長所も欠点もひっくるめて遥を理解し、情を強く持っているようだ。遥には幸せになってほしいと願っているのが言葉の端々に窺《うかが》える。

「おれはべつに……」

柳には佳人が、遥の横暴な仕打ちに怒って拗《す》ねているように見えるのだろうか。まったくそんな気持ちはないと言えばそれも嘘のような気がして、佳人は言葉を濁した。

『もうおまえさんにもわかってるだろうが、社長はね、不器用なんだよ。あんたが大事だから、心配で、気を揉まされたくなかったんだ。次にまた何か、今度こそ取り返しのつかない事故が起きたら自分はその前に止めなかったことを後悔する、そんなふうに考えたんだよ、きっと』

それは佳人も薄々、もしかして、と厚かましくも希望的観測でひそやかに推測していたのと同じ考えだった。もしそれが事実だったとしても、遥は決して認めないであろうということもわかっている。

『なぁ、久保。人生は案外短いんだ。本当は好き合っている者同士がちょっとした行き違いでぎくしゃくしてるってのは、時間の無駄じゃないか』

好き合っている、という表現に佳人は一瞬ギョッとしたものの、すぐに、柳は深い意味はなく相手を思いやっているはずの者同士がという程度の意味でその言葉を使ったのだ、と考えることにして動悸を静めた。

柳の言いたいことは理解できるし、できるなら佳人も遥にもっと近づきたい。現状を打破するきっかけがあるなら、今度こそ逃したくないと待ち望んでいた。

『あ、そうだ。社長は意外と甘いものも好きなんだぜ。知ってたか？』

突然脈絡のない発言が飛び出したので、佳人は虚《きょ》を衝《つ》かれた。

『たまにはケーキでも買っといてやりなよ。絶対文句は言わないはずだから』

どうやら柳は佳人を焚きつけているらしい。二人ともあまりにも要領が悪くて、その上素直でないから、見ていて苛々するのだろう。なんとかしてやりたいと思ってくれているのがひしひしと感じられ、ありがたかった。

電話を切ったあと、佳人は柳のせっかくの親切を無下《むげ》にしては悪いと思い、少し気恥ずかしかったが遥に甘いものを用意しておこう、と決めた。

松平が夕食の準備までしてくれるお陰で、このところ佳人が台所に立つ機会は少なくなっている。材料も揃っているかどうか、見てみなければわからない。

その前に、まずは何を作るか決めなくてはいけなかった。

台所の作業台の隅に料理の本が数冊積み重ねてある。以前、遥が佳人に「勉強しろ」と買ってきてくれたもので、初心者向けから上級者向けまで段階的に学べるよう取り揃えられている。初心者向けだけにとどまらないあたりに、遥の性格がさりげなく表れている。何事にも向上心のある努力家なのだ。

蕎麦《そば》やうどんの打ち方などという趣味寄りのものもあれば、パンを手作りしてみよう的なテキストもある。パンは佳人も何度か焼いたことがあった。遥は朝食によくパンを食べるのだ。

さすがにケーキは焼いたことがなかったし、いきなり手作りのケーキが出てきたら、遥は面食らってムッとするかもしれない。柳は遥よりずっと年上だし、会社だけの付き合いだから思いもかけないのだろうが、遥は佳人に対しては結構辛辣《しんらつ》で容赦がなく、気に入らないことがあればグサリと心臓を突く冷淡な物言いで一刀両断することもある。

最初から甘い言葉は期待していなかった。

ただ、遥のために何かしたいからする、それだけだ。嫌がられさえしなければいい。

柳のお陰で、久々にできることがまだあるのだと教えられた気分で、せっかくの勢いを殺したくなかった。どんな些末なことでも、何かが変わるきっかけになる可能性を秘めているかもしれない。

いかにもケーキケーキしたものでなければ佳人もあまり照れずにすむ気がして、ブリオッシュに洋酒を使ったシロップを含み込ませた一品を作ることにした。

松平は佳人が台所にいるのを見かけると、あら珍しいという顔をした。裏表のないはっきりしたおばさんだ。言いたいことは言うが、そのぶん、よそで陰口を叩くタイプではなさそうだった。

「何を作るんですか？」

「サバランを」

佳人はこれにしようと決めたばかりだったお菓子の名称を告げた。

「あら。じゃあ強力粉がいりますね。さっき見たら切れてました。今からちょうどお夕飯の買い出しに行くところだったから、ついでに買ってきます。それともご自分で行かれます？」

「いえ、よかったらお願いできますか」

他に必要なものはあるかと、しゃきしゃきした調子で聞かれ、佳人は慌てて材料一覧を見直した。

「トッピング用に桃缶かイチゴがあれば。それとホイップクリームを」

ラム酒はないがコアントローがあるので、シロップに入れる洋酒はそれを使えばいいだろう。イーストや無塩バターはまだ残っているのを確認ずみだった。

さっそく出掛けた松平を見送り、彼女が戻ってきたらすぐに作り始められるようにその他の材料を準備しておく。

ブリオッシュには初めて挑戦する。果たしてうまく焼けるのか、心許ない。テキストを何回も読んで、手順を頭に入れた。サバランはブリオッシュがなければはじまらない。

近所のスーパーまで自分の自転車で出掛けた松平は、四十分と経たないうちに買い物袋を提げて帰ってきた。

「すみません、助かります」

「ブリオッシュは生地が柔らかめだから、捏《こ》ねるときはスケッパーを使うといいですよ」

松平は買ってきた品々を佳人に渡すとき、アドバイスまでしてくれた。その後、夕食の材料を冷蔵庫に入れ、玄関周りを掃除しに行く。

ブリオッシュの生地作り自体は、食パンやバターロールなどの生地を作るのと同じ手順できる。一次発酵させたあとガス抜きして成形、そして二次発酵。パン作りは楽しいが、二度発酵させる過程を経なくてはならないため時間がかかる。一時過ぎから作り始めて、焼き上がったのは三時前だった。

初めて焼いたにしてはまずまずのでき上がりで、ホッとした。

あとはシロップを作ってサバランにしっかりと染み込ませ、飾りつけをすればいい。

ここのところ遥は比較的早めに帰宅する。接待で外食するときや、仕事のスケジュールで遅くなるときは必ずメモを置いていく。メモは夕食を準備する松平にあてたものだが、佳人にもちゃんと見えるように置かれている。

今朝はメモはなかったから、遅くとも八時には帰宅するだろう。サバランはそれに合わせて仕上げることにする。

台所を元のとおりに片づけて、松平と交替した。

自室で読書の続きをしながらも、佳人の頭の中は、サバランを見たら遥がどんな反応をするのか、その想像で一杯だ。

すんなり喜びそうにはないが、仏頂面でいいから一口でも食べてくれないだろうか。

甘いものは疲れているとき効果的だという。

そろそろ夏バテを心配しなくてはいけなくなる時季だ。今はまだ梅雨の真っ最中だが、明ければ本格的に暑くなる。

本を膝に広げていても、ページはなかなか捲れなかった。

六時になると松平は帰っていく。詳しく聞いたことはないが、隣町に家があるらしい。どっしりとした肉付きのいい体で颯爽《さっそう》と自転車に乗る姿は、結構かっこいい。自分の仕事に自信と誇りを持っているのが明らかで、佳人には眩《まぶ》しくすら感じられる。

一人になると、急に家の中が広く感じられ、寂しさが一段と強くなる。

仲がぎくしゃくしているときでも、佳人は遥に早く帰ってきてほしいと思う。冷たい目でジロリと一瞥されてもいいから傍《そば》にいてほしい。

遥のことを想いながらサバランを作った。

遥が本当に甘いものが好きなのか、佳人にはわからない。ひょっとすると柳の勘違いかもしれない。考えだすと不安は尽きなかったが、ここまできたら遥に出してみるしかない。

ブリオッシュの帽子の部分を水平に切り、下の部分を刳《く》り貫《ぬ》いて穴を作る。水に砂糖を入れて煮たものに、冷めてからコアントローを加える。そうしてでき上がったシロップにブリオッシュをつけ込み、ラップをかけて冷蔵庫で冷やす。ブリオッシュの下の部分に空けた穴にはラムレーズンを入れた。松平が「これもついでに」と気を利かせて買ってきてくれたものだ。確かにサバランに合いそうだと思い、使うことにした。

本体にシロップを含ませて冷やしている間に、中に詰めるクリームを作る。クリームチーズにレモン汁を加えてなめらかになるまで練り上げ、さらにホイップクリームを合わせる。

あとは、飾りつけして完成させ、遥に食べてもらうだけだ。

適当な大きさに切った桃のシロップ漬けとイチゴをクリームの上に飾りつけ、完成したサバランを冷蔵庫に保管して、遥の帰りをドキドキしながら待った。

遥は予想より早めの七時過ぎに帰宅した。

相変わらず不機嫌そうな顰《しか》めっ面で、松平が用意してくれた食事を二人で食べる間、一言も口を利かなかった。普段に輪をかけて虫の居所がよくないようで、ちょっと間が悪かっただろうかと佳人の不安は増幅する。

遥が風呂から上がって髪を乾かしている間に、佳人はコーヒーを淹《い》れた。

これはもう、嫌味と皮肉の嵐になるかもしれない、と覚悟して、手作りのサバランをケーキ皿に盛りつける。それをダイニングテーブルに置いて、二階に上がった。

「佳人！」

階段の下から呼ばれたのは、五分もしない頃だ。

恐る恐る下りていくと、遥は見たこともない顔をして立っていた。

憮然《ぶぜん》とした表情の中に戸惑いと邪推《じゃすい》と驚き、呆《あき》れと照れまでも混ざったような、かつてない複雑な顔つきだった。

「知っていたのか？」

いきなり聞かれ、今度は佳人が困惑する番だった。

意味がわからなさそうに首を傾げた佳人を見て、遥はしまったと後悔したように舌打ちし、さっさと踵《きびす》を返してダイニングに戻っていった。

そのときはなんのことかわからず驚くやら当惑するやらだったが、あとでテーブルを見に行くと遥は綺麗《きれい》にサバランを食べてくれていた。

その日が遥の誕生日だったと知ったのは、ずっとずっとあとになってからのことだった。

夏の華

三階まで吹き抜けのホールは、出入りする人々でごった返していた。

二十数階建て複合施設型ビルの五階から上には、各企業のテナントオフィスが入っている。一階から四階までは多目的ホールや銀行・ブティックなどの商業施設になっているため、回転式ドアから吐き出されてくる人々は多種多様だった。サラリーマンもいれば有閑マダムふうもいる。夏期休暇中のためか学生の姿も多い。

佳人《よしと》はスーツの袖をずらして腕時計を確かめた。

五時に迎えに来いと命令され、十分前からホールに立っている。今ちょうど五時だったが、遥《はるか》はまだ現れない。

佳人が遥の秘書として働くようになって一ヶ月ほどが過ぎた。

最初に釘を刺されていたとおり、何社もの会社を経営する遥のスケジュールは多忙を極め、その調整と細かな雑事すべてを引き受ける仕事は、並大抵のものではなかった。連絡洩れや電話での聞き取り間違い、移動時間を甘く見た無理な行動予定など、最初の一週間は雷の落ちない日がなかったほどだ。

不慣れだからとか、未経験だから、などという言い訳は許されない。佳人はそれを承知で自分からこの仕事がしたいと言ったのだ。今考えれば遥の太っ腹さが身に沁みる。同時に、あれほど佳人には冷たくて嫌な態度しか取らなかった浦野《うらの》が、秘書としてはいかに有能だったのかということを思い知らされた気分である。

佳人のことでちょっと理性を失ったからといって、浦野を解雇してよかったのだろうか、と申し訳ない気もする。浦野は佳人を庇った遥を不本意にも弾みで傷つけただけで、佳人さえ遥に関わっていなければ、ずっと秘書兼ボディガードとして忠実な部下でいたはずなのだ。浦野はともかく、遥に多大な損を強いた気がして居たたまれない。

もちろん遥は浦野のことに関しては何も言わない。

佳人と浦野の仕事ぶりを比較するような発言もいっさいしない。遥はただ、佳人のミスを怒るだけだ。

二度と同じ失敗をしたら許されないことは明らかだった。

佳人は毎日毎日気を張り詰めて、必死になって勉強している。遥と付き合いのある各社重役連や友人らの顔と名前を覚えることには特に努力した。

秘書として相応《ふさわ》しい服装の選び方も覚えた。遥は何をするにしても具体的に手取り足取り教えてくれることがない。ある日突然ブティックに連れ出されて、スーツを五着選べと言われた。佳人が時間をかけてようやく選んだ五着のうち、三着はやり直せと叱られ、残りに対してはさらにネクタイとシャツ、そしてベルトに靴まで合わせさせた。その間およそ三時間。遥は素晴らしい仕立てのスーツに身を包んだ青年紳士然として店の安楽椅子にふんぞり返り、各種業界紙を読んでいた。長い脚を組んでぶすっとした不機嫌顔のまま新聞を読み耽《ふけ》る姿は、ますます佳人を焦《あせ》らせた。店長以下販売員たちの緊張も並大抵ではなかっただろう。佳人にはかまうなと厳命されていたので、アドバイスしたくてもできず、苛々《いらいら》していたようだ。

そのときはわけもわからずに勘と好みでなんとか五着分のコーディネートをしたのだが、後日あらためてファッションに関する勉強もした。実務の合間を縫ってこういう知識も取り込んでいるので、一時は頭の中がいろいろな情報でパンクしそうになっていた。しかしなにをするにしても最初はこんなもののはずだ。慣れるまでは睡眠時間が削られても仕方なかった。

遥が佳人に関して唯一諦めたのは、社用車を運転させることだけだった。社用車は左ハンドルの大きめの外国車だ。結局は一度も佳人にハンドルを握らせることなく、新たに運転手を雇ってしまった。ちゃんとした理由は知らないが、たぶん免許取りたての佳人の運転では心許ないと思ったのだろう。それはそれで悔しいのだが、万一事故を起こしては元も子もないので、プロに任せたほうが遥のためにもいいと自分を納得させている。

今も運転手には地下の駐車場で待機してもらっている。

この後のスケジュールは特に入っていない。ここで打ち合わせを終えた遥を迎えたら、そのまま自宅に戻るだけだった。

打ち合わせが長引いているのだろう、と思って腕時計から目を上げた佳人は、ふと視線を感じて周囲を見回した。

太い円柱に凭《もた》れるようにして、三十前後くらいの男が立っている。

佳人を見つめているのは彼だった。

すらりとした長身を薄茶の麻のスーツで包み、無遠慮に佳人を見ている。目が合っても慌てず、にこりと唇の端を上げて軽く目で会釈《えしゃく》してくるだけだ。知らない人間に不躾《ぶしつけ》な視線を当てていたところを見つかっても、少しも悪びれない。それがまた不思議と嫌な感じも与えないのだった。

佳人は知らない男だとわかると、またエレベーターの方に顔を向けて素知らぬ振りをした。

相変わらず首筋のあたりに視線を感じて居心地が悪いが、それも遥が現れるまでのことだ。

しかし、男はなにを思ったのか、こちらに向かって歩いてくる。

近づいてくる足音に振り返った佳人は困惑した。

男の視線ははっきりと佳人を見つめたままだ。

きりっとした顔つきの、なかなかハンサムな男で、どことなく遥と同じ匂いがする。目つきの鋭さのせいかもしれない。スーツの着こなしが堂に入っていて、一介の勤め人というよりは遥のような青年実業家的雰囲気がある。真っ黒な髪と高い鼻梁《びりょう》が顔立ちをはっきりさせており、厚い唇といい硬そうな頬といい、いかにも野性味に溢れたきつい顔をしている。あえて言うなら遥と東原《ひがしはら》を足して二で割ったような感じだ。

「今何時ですか？」

男は佳人のすぐ傍《そば》まで来るとそんなふうに声をかけてきた。

佳人は自分の腕時計ではなく、さっきまで男が凭れていた円柱の後方にある時計のオブジェを見ながら返事をする。

「五時八分です」

自分の背後に時計があったことも、時間そのものさえも、男にはどうでもいいらしかった。

相変わらずじっと佳人に視線を据えたまま、今度はずっと馴《な》れ馴れしい口調になる。

「ここで誰かと待ち合わせ中？」

佳人は困った顔を隠さず、はい、とだけ返事をする。

男に全身を品定めされているようで落ち着かない。早く立ち去って欲しかった。

「彼女？」

「いえ、違います」

「じゃあ、彼氏？」

びっくりして男の顔を見る。男の身長は佳人よりも十センチ近く高く、見上げる感じになった。近くで見るとボクシングでもして鍛《きた》え抜いているような厚い胸板をしていて迫力がある。男臭い色気が全身から発散されていた。こういうセクシーな男に迫られたら、女性なら体中が熱くなるのかもしれない。しかしあいにくと佳人は男で、彼の魅力にもよろめかなかった。

「あ、それも違った？」

男は佳人がようやく自分の顔をしっかりと見ただけで目的を達したらしく、満足そうな笑みを浮かべる。

「きみみたいに綺麗《きれい》な男を見たのは久しぶりだ。ずっと見とれていたよ」

「あの。からかわないでください」

「からかってやしない」

男はオーバーなくらい両手を広げて肩を竦め、まいったな、というジェスチャーをする。それはあくまでも素振りだけで、実際はもっと体を寄せてくる大胆ぶりだった。

「今夜一緒に食事でもどう?」

「困ります」

「やっぱり恋人いるの?」

男のしつこさに佳人は困惑する一方である。遥を待っているのにここから立ち去るわけにはいかない。それに移動しても男はずっとくっついてきそうだ。

こういうのをナンパと言うのだろうが、こんな場所で突然男が男相手にそんなことをするとは考えたこともなかった。

強引なくらいに迫り続ければそのうちに獲物を落とせると思っているのか、男はまるで退く気配がない。

「恋人、います」

佳人は男をなんとか諦めさせようとして、思い切って言った。

言ってしまってから恥ずかしくなる。それは佳人の秘かな願望だ。しかし実際の遥との関係は決してそんな甘い言葉の似合うものではない。遥は本当に禁欲的な男で、一度衝動に駆られたように佳人を抱いてからは、相変わらずキス一つしようとしない。寝るときも別々だ。部屋そのものが別なのだ。秘書としてずっと身近にいるのならチャンスがあれば押し倒す、などと軽口を叩いていたのは、本当に意味のないジョークだったらしい。

今まで佳人の周囲にいた男たちというのは欲望の権化《ごんげ》みたいな連中ばかりだったため、佳人には遥のようなタイプは勝手が違ってわからない。当然自分から抱いてほしいなどと望む勇気もなかった。

男は佳人がはっきり言ってもまだ諦めなかった。

「オレはべつに、きみの二番目でもかまわないぜ」

「おれはかまいます」

男がなおも佳人に顔を近づけてきたときだった。

「おい。なにをしている!」

遥の威嚇《いかく》するような声に、佳人と男は同時に振り返っていた。

遥が不機嫌を絵に描いたような顔つきでツカツカと歩み寄ってくる。

「社長」

「黒澤《くろさわ》じゃないか」

佳人は男の意外な言葉にえっ、と目を瞠《みは》る。

どうやらこの男と遥は顔見知りらしい。

遥も不意を衝かれたようだが、相手がわかるとますます苦々しい表情になる。あまり出会《でくわ》したい相手ではなかったようだ。

「久しぶりだなぁ。元気にしていたか?」

男のほうはあくまで屈託がない。

遥がどれほど無愛想にしていてもまるで気にしていないようだった。

「元気だ」

「相変わらず業績を伸ばしているらしいな。少しは休むことも覚えたほうがいいぞ」

「きみは休みすぎだ」

「ひどいなぁ。これでも父から譲り受けた会社、しっかりと成長させてるんだぜ」

「それはなにより」

聞いているだけでハラハラするほど遥の態度はそっけない。男が気を悪くしないのが嘘のようだ。たぶん遥との会話はたいていこんな具合で、気にしないのだろう。

「ところで、この別嬪《べっぴん》さんはあんたの恋人?」

いきなり話が佳人のことになり、佳人は全身を強ばらせてしまった。さっき弾みで恋人がいるなどと言ってしまったのを後悔する。もし男がそれを遥に言ってしまったらと思うと、羞恥にこの場から逃げだしたくなった。

「秘書だが」

遥が淡々とした調子で答える。

まさか遥が恋人だと肯定するとも思っていなかったが、それにしても佳人は傷ついた。顔に出さないように平然としているのは結構努力を要した。

「ふうん」

男は意味ありげに遥と佳人を交互に見、面白そうな声を出す。

佳人は一刻も早くこの場から去ってしまいたかった。

「たまたま時間を聞いた縁で少し立ち話していたんだが、まさかきみの秘書だったとはね。奇遇《きぐう》というかなんというか」

「なんでもいいが、こいつにちょっかい出すのはやめてくれ」

「はいはい、わかりましたよ」

おっかないなぁと男がわざとらしく首を竦める。

行くぞ、と促されて、佳人は慌てて遥の背中を追った。

まだ男の視線を背中に感じていたが、もう二度と振り返らなかった。


大きなベンツの後部座席に遥と並んで座っているのだが、車内の空気は重いの一言に尽きた。

運転手も遥の機嫌がよくないことを察してか、とにかくずっと黙り込んでいる。

遥は佳人には一言も喋《しゃべ》りかけようとしなかったし、佳人がする仕事上の質問にも必要最低限の言葉で応じるだけだった。

運転手は乗り込む前に遥が小声で指示していたとおりに車を走らせている。

どこに向かっているのか佳人にはわからなかった。聞くのも憚《はばか》られる。

しばらく走って、ようやく車は大きなシティホテルの車寄せに停まった。

すぐに制服姿のドアマンが後部ドアを開いてくれる。佳人が急いで先に降り、遥も続いて出てきた。

遥はそのままどんどんホテルのロビーに入っていく。

社用車は運転手がすぐに発車させ、どうやらこのまま帰るようだった。

佳人はどうしていいかわからなかったが、とにかく遥の後を追っていった。


フロントで鍵を受け取った遥はベルボーイの案内を断り、ついてこいと佳人を促した。

エレベータの中でも廊下を歩いている最中も遥は口を開かない。佳人もある程度は慣れているつもりだが、戸惑うのには変わりない。どうするのが一番いいかも毎度悩んでしまう。たいていは静かに遥の動向を見守り、従うだけである。

遥が開いたドアは、ジュニアスイートの部屋だった。寝室が別になっていて、立派なソファセットとダイニングテーブルが据えてある。大きな窓からは薄布のカーテン越しにまだ明るい景色が眺められた。眼下に広がるのは大都会のビル群である。

上着を脱いで布張りの美しいソファに腰を下ろした遥は、靴を履いたままの脚をガラステーブルに上げると、ネクタイも緩めてしまった。

「ここにどなたかお見えになるんですか？」

佳人が上着を預ってクローゼットに掛けるかどうしようか悩んで聞くと、遥はジロッと佳人を睨み上げた。

「誰か来たほうがいいのならさっきの男でも呼んでやろうか？」

佳人は慌てて首を振る。

遥は不愉快そうに口元を歪《ゆが》めた。

「あいつは俺の取引先の山岡《やまおか》物産を父親から引き継いだ三代目だが、とにかく色事に目のないばか息子だ。ばかだが仕事はできる。それで仕方なく俺も付き合っているんだ。俺が来なかったらおまえは今夜中にもあいつの下で寝ていただろうよ」

「……すみません」

「だいたいおまえは無防備すぎる」

遥の声が一気に刺々《とげとげ》しくなった。

「あんな男に言い寄られる隙を見せるな。おかげであいつは俺の弱みでも握ったような顔をしやがったじゃないか！　忌々《いまいま》しい」

言いながら、本当に忌々しそうに首から引き抜いたネクタイを佳人に向けて放り投げてくる。

佳人はそれを慌てて受け止めた。

続いて遥が長い指でワイシャツのボタンを外し始める。鎖骨や筋肉のついた胸板がシャツの隙間から見え始めたので、佳人はその場から逃れるようにクローゼットに上着とネクタイを掛けに行った。

心臓がどきどきしている。

遥の考えていることは少しもわからない。なぜいきなりこんなホテルに来るのだろう。どうして服を脱ぎ始めるのだろう。

佳人は自分がとても遥に飢えていて、抱かれたいと思っていることに驚いていた。元から自分が淫らなのは自覚しているが、あまりにもはしたなすぎる。このまま遥の前にもう一度戻らねばならないのかと思うと、下半身の熱と疼《うず》きに赤面しそうだった。

「佳人」

遥に呼ばれて佳人はビクッと全身で反応した。

「はい」

その場から返事だけ返す。

すぐに遥が立ってこちらにやって来た。

遥は上半身裸で、スラックスのベルトも外していた。佳人の真横で腰を屈めたかと思うとクローゼットに備えてあったスリッパを取る。佳人はまた自分の不調法に赤面した。スリッパを出すのくらい最初に思いついてしかるべきだった。

「すみません」

まだまだ自分が充分に遥の役に立てていないことが悲しく、佳人は小さく謝る。

遥は佳人に冷笑と共に一瞥をくれると、靴と靴下を脱ぎ、スリッパに素足を突っ込んだ。佳人は脱ぎ捨てられたままの靴下を拾う。

「いくら親分のところで箱入り深窓育ちにされてたと言っても、ルームサービスの頼み方程度はわかるだろうな?」

「わかります」

「なら、シャンパンを頼んでおけ。銘柄《めいがら》と色はおまえに任せる」

「はい」

そのまま遥はバスルームのドアを押して中に入っていく。

しばらくすると水音が聞こえだし、それと重なるようにしてバスタブに湯が溜まっていく音がし始めた。

遥が入浴している間に佳人はルームサービスメニューを開いて、三種類あったシャンパンの中から迷いながらも一本を選び、それを電話で頼んだ。グラスはいくつお持ちしますかと聞かれたのでこれも戸惑った挙げ句、二脚とお願いした。

ソファに脱ぎ捨てられていたワイシャツとベルトも片づけてしまうと、佳人は他に何をすればいいかわからなくなった。

呼ばれないのに浴室に行くのは気が引けるし、洋風のバスなら背中を流すのも躊躇《ためら》われる。第一、今遥の裸を目の当たりにすると体がもっと熱くなってしまいそうだ。

佳人は窓辺で外の景色を眺めつつ、襟元を少し緩めた。

まだずっと一日中ネクタイを締めていることに慣れない。事故係のときは作業着で過ごすことがほとんどだったし、香西《こうざい》の許にいたときもデザインものの洒落《しゃれ》たスーツは山のように着せられても、ネクタイを締めさせられたことはあまりなかった。どちらかというと和服のほうが慣れているくらいかもしれない。

自分の人生は本当に波乱に満ちている、と佳人はつくづく嚙み締めていた。

いろいろあったが、今が一番生きていてよかったと思う。

遥が好きだ。どうしようもなく好きなのだ。

冷たくされても乱暴にされても、絶対に口に出しては言えないが、好きでたまらない。

遥のことを考えていると体が熱くなってくる。

佳人は冷たいガラスに額を押しつけた。

どのくらいそうしていたか自分でも定かでなかったが、ドアのチャイムが鳴ったのではっと我に返った。

ルームサービス係がワインクーラーに冷やしたシャンパンとグラス二脚、さらには新鮮で粒の揃った苺《いちご》が入ったガラスの器をのせたワゴンを押して入ってくる。

落ち着き払った美形のボーイがシャンパンの栓を手際よく抜いてくれる。

「こちらに黒澤様のサインをお願いします」

苺は支配人からのサービスです、と言い添えて、ボーイは出ていった。

「佳人」

遥が浴室から声をかけてくる。

シャンパンが届いたのがわかったのだろう。

佳人が控えめにドアを開けて隙間から顔を覗《のぞ》かせると、広いバスルームには石鹸の芳香と湯気が立ち込めていた。

遥は二重になったシャワーカーテンを半分開いたままにしており、洗いたてでぐっしょりと濡れた頭をめぐらせて佳人を見た。

「シャンパンをグラスに入れて持ってこい」

「はい」

佳人はすぐに言われたように冷えたシャンパンをグラスに注いで持っていった。

遥が手を伸ばしてくる。

当然グラスを取るのだろうと思っていたら、手首を摑まれ、佳人は驚きのあまりもう少しでシャンパンを零《こぼ》してしまうところだった。

バスタブの中に座ったままの遥が人の悪い笑みを浮かべている。

「いつまでスーツを着ているつもりだ。無粋《ぶすい》な男だな」

「遥さん！」

「脱げよ」

「でも」

「ぐずぐずしていると、そのままバスタブに連れ込むぞ」

「ぬ、脱ぎます、手を離してください」

「早くしろよ」

遥はようやくグラスを取った。

佳人は逃げるように浴室を飛び出すと、波打っている胸を押さえながらネクタイを引き抜き、スーツとワイシャツを脱ぐ。指が震えるのでボタンを外すのに手間取った。遥の見ている前で下着を下ろすのは気恥ずかしいのでこの場で全裸になり、股間を手で隠したまま浴室に戻る。

遥と一緒に風呂に入るのは初めてだ。背中を流してあげたことは何度かあるが、そのときには着衣のまま袖と裾だけ捲り上げていた。遥もちゃんと腰にはタオルを置いていたので、あまり意識せずにすんだのだ。

バスタブは充分に大きかった。

遥が促すまま、向かい合うようにしてバスタブに入る。遥の長い足を踏まないように気をつけて腰を落とした。

遥はシャンパンを飲みながら佳人のぎこちない様子を見ていた。

見つめられると佳人は困ってしまう。

どこに視線をやっていればいいのかもわからず、俯いているしかない。

遥が佳人の目の前に三分の一ほど入ったグラスを差し出す。

「おまえも飲め」

アルコールが入ったほうが楽になれる気がして、佳人はグラスを受け取って少しずつ中身に口をつけた。

顎を反らせて最後の雫《しずく》まで飲んでいると、不意に遥が体を寄せてきて、佳人の胴に腕を回してきた。

「遥さんっ!」

慌ててグラスを大理石のバスタブ台に置き、抵抗しようとしたが、あっさりと遥の腕に抱きしめられていた。

「俺を苛々させた罰だ。今夜はとことん俺に付き合ってもらうぞ」

さっきの男との遣り取りのことだろうか。

佳人は困って返事もできない。

突然こんな場所に来たのは、どうやら佳人が遥の神経を逆撫でするような男に言い寄られていたためらしい。遥は普段が冷静すぎるぶん、理性を保てなくなったときとのギャップが激しい男だ。こういうシチュエーションでないと欲情しないのかもしれない。

片腕は背中を抱いたまま、もう片方の手を下肢に伸ばし、佳人の股間を掴んできた。

「あっ……あ」

すでに節操もなく勃起しかけていたものを握り込まれ、佳人は唇を嚙む余裕もなく声を上げていた。

握られただけでなく、敏感な先端を剝《む》き下ろされて指の腹でぐるぐると撫で回され、顎を仰け反らしてしまいそうになる。

「声を出せ」

「でも、そんな」

「ここには俺とおまえしかいないだろうが」

遥の指で弄《いじ》られていると、佳人はすぐに硬く強ばらせてしまう。遥にこんなふうにしてもらっているという事実だけで股間に熱が集まるのだ。

佳人は小刻みに息を吐きながら、腰が揺れてくるのを抑えきれず、湯を波立たせた。自分の堪《こら》え性のなさが恥ずかしい。遥に顔を見られたくなくて俯いたままでいたら、後頭部に手をかけて胸板に引き寄せられた。

遥の肌からは香水石鹸の芳香がする。

肌を触れ合わせること自体、久しぶりだった。

佳人は遥の股間を自分も指で探ってみた。

遥もしっかりと硬く勃ち上がらせている。佳人の指に応えてビクビクと脈打った。

「あ……は、遥さん」

自分のものに加えられる愛撫に喘ぎながら、佳人も遥の快感を引き出そうと、細やかに指を使った。遥の唇からもときどき気持ちよさそうな吐息が洩《も》れる。眉根を寄せたり、薄く開いた唇を舌先で舐めたりする。

遥と唇を合わせたい、と佳人が思ったのがまるで通じたかのように、遥は佳人の顔を下から掬《すく》い上げるようにしてキスしてきた。

くちづけを交わした途端、ジンと痺れるような感覚が腰に来た。

佳人は遥の唇を夢中で味わっていた。

遥がずっと欲しかった。毎日毎日すぐ傍にいるのに、佳人になにもしない遥のストイックさが恨めしかった。

「どうした。そんなに欲しかったのか」

遥が唇を離した隙に揶揄《やゆ》する。

佳人は首を振って否定しながらも、もっと欲しがるように遥の唇を求めてしまう。微《かす》かに唇を開き、誘うように舌を覗かせる。再び遥の唇が重なってきた。

「んっ、ん……あ」

キスをしながらも下半身を弄られ続けるので、佳人はたまらなかった。

遥の指が奥の窄《すぼ》まりを探り当て、遠慮なく差し入れられてくる。

「あっあっあ」

指一本を思い切り締めつけてしまう。

もう少しで遥の舌を噛んでしまうところだった。

遥は唇を離すと佳人の耳朶《じだ》を齧《かじ》りながら指で中を蹂躙《じゅうりん》することに熱中する。佳人の感じる箇所はしっかり把握しているようで、ポイントを外さない。佳人にはたまらない責めだった。我慢できずに身動《みじろ》ぎするので、湯がずっと揺れ続けている。

「ここはそんなにいいか」

いいかと聞かれても頷いたりはできない。

こういうところで素直になれないのは佳人も相変わらずだ。

言葉にはしないが、喘ぎ声を出しながら遥の胸にしがみついているので、言わずもがなである。

遥にだって充分わかるだろう。わかるくせに聞くのだ。遥は本当に意地が悪い。

「まだいくな」

もうほとんど頂点に辿り着きそうな状態にしておきながら、遥はぎりぎりのところで指を抜いてしまった。前を弄るのもやめる。

佳人は中途半端なまま置き去りにされた体の奥の熱を持て余しつつ、潤んだ目で遥を見た。

こういう仕打ちは辛い。

「続きはベッドに行ってからだ」

遥が佳人の首筋に唇を触れさせながら言う。

「たっぷり思い知らせてやる」

「……怒ってるんですか？」

「ああ。あんな男に言い寄らせたおまえの不注意さに、腸《はらわた》が煮えくり返っている」

佳人はゾクッと背筋を震わせた。

本気なのか冗談なのかわからなかったが、遥がときどきとても残酷になれることを知っている。

佳人を湯船に残したまま、遥はシャワーを浴びると用意してあったバスローブを羽織った。

「体を洗ったらベッドに来い」

そして鋭い瞳で佳人を睨みながらつけ加える。

「勝手に弄って慰めたりしたのがわかったら、両手と前を縛り上げてやるからな」

それが本気なのは今度こそ佳人にも疑えなかった。

ベッドルームにはクィーンサイズのベッドが二台並べてある。

佳人がバスローブ姿で遠慮がちに入っていったとき、遥はカーテンを閉じた窓際の椅子でくつろいでいた。丸テーブルの上にはワインクーラーに入れられたシャンパンと苺の器、そして飲みかけのグラスがのせてある。遥もまだバスローブを纏ったままで、安楽椅子の背凭れに頭まで預け、脚はオットマンに投げ出していた。

こうして洋風の家具に囲まれている遥の姿は新鮮だ。畳に着物で胡座《あぐら》をかく遥もいいが、こうして欧米人のように脚を投げ出したまま椅子に座っているのも似合う。

遥にこっちに来いと顎で呼び寄せられ、佳人はバスローブの合わせを右手で握りしめたまま大きなベッドの足下を通り、奥に進む。

椅子は一脚しかなかったので遥の横に立つと、腕を引かれて太股の上に横座りさせられた。大の男が遥の足に座っていると思うと、重いのではないかと申し訳なくて、落ち着けない。子供になったような気恥ずかしさもあった。

「飲め」

まだ使っていなかったほうのグラスに無造作にシャンパンを注ぐと、遥が有無を言わさずに佳人に差し出してくる。逆らっても許されそうになかったので、素直に口をつけた。遥も苺を摘みながら自分のグラスを減らしている。

「どうしてこの銘柄を選んだ?」

「深い意味はないです。……あの、まずかったですか?」

「このホテルが用意しているものだ。どれを選んでもまずくはなかろう。ただ、きっとおまえのことだから、真ん中の値段のボトルを選んだんだろうな、と思っただけだ」

まさにそのとおりだった。

一番高いのを選ぶのは抵抗がある。かといって一番安いのでも遥が気を悪くするかもしれない。どう考えても真ん中を選ぶのが無難である。これは十人いたら八人くらいまでは同じ行動を取るのではないだろうか。それを遥には平凡で面白味のない男だと評価されたような気がして、佳人は少しバツの悪い心地がした。

気泡性の酒は特に酔いの回りが早い。

あまり強くない佳人は、フルートグラス半分まで空けてしまう頃にはもう頬を熱くしていた。

「口を開けろ」

遥に促されて素直に口を開く。みずみずしい苺の粒を入れられた。嚙むと甘酸っぱい果汁が口の中いっぱいに広がる。

遥は佳人の腰をもっと自分の腹に引き寄せ、酔いが回り始めてふらついていた頭を胸板に凭れかけさせるようにする。背中も支えてもらい、ずいぶん楽になった。

「それだけ飲んでしまえ」

「でも、もう酔っているから……」

「ベッドはすぐそこだ。それに明日は日曜だから、俺もおまえもオフだ。遠慮なく昼まで寝ていられる。心配するな」

それでもまだ躊躇っていたら、遥に唇を塞がれた。

あっ、と思ったときには口移しにシャンパンを飲まされている。軽く咳き込みながら嚥下する。飲みきれなかった分が少しだけ唇の端から筋になって零れた。

気がつくと手に持っていたはずのグラスは遥に取り上げられている。遥はそれを何度も口移しにして佳人に飲ませる。決して無理はさせず、一回ごとに濃厚なキスをしながらなので、次第に佳人は頭の芯が痺れてきた。途中からは苺も口移しで食べさせられていた。

体中が燃えるように熱い。

普段は軽いキスすらしないというのに、いざ遥がその気になればこれほど濃密で情熱的になるのだ。佳人は心の準備ができていなくてついていけなくなりそうだった。

「これは……遥さん的には、仕置き、ですか?」

心地よく酔いの回った頭で佳人がぼんやりと聞いてみると、遥はいつもよりずっと優しい声で、そうだ、と答える。

「こんなのは、嫌です」

「なぜ？」

こんなふうにうっとりするように優しく抱きしめられてキスされ続けていると、ますます遥のことが好きになってしまう。だから嫌なのだが、それは恥ずかしすぎて言わなかった。

遥にローブの胸元をはだけられる。

指で胸の突起を弄られた。体中が力をなくしているというのに、刺激に弱いそこを摘み上げて擦り潰すようにされるといつも以上に過敏に感じてしまい、ビクビクと全身を痙攣《けいれん》させた。

「んんっ、あっあ、ああ」

痛いほどに摘まれ、さらに舌でつつかれたり、唇できつく吸い上げられたりする。

たまらなくて頭を振って嫌がったが、遥はやめない。佳人は遥のローブにしがみつき、ぶるぶると震える顎を広い胸に押しつけて耐え続けた。

遥の手が佳人の太股の間に入り込んでくる。

確かめるように先端を触られた途端、佳人はあられもない声を上げていた。

「すごいな。びっしょりじゃないか」

「やめて、ください」

恥ずかしさに声も消え入りそうに弱くなる。

「立て」

遥に腰を押しやられ、佳人はふらつく脚を絨毯《じゅうたん》に下ろしてやっと立ち上がる。乱されたローブの前を掻き合わせる指もおぼつかない。

ベッドはすぐ目と鼻の先だった。

遥は自分も椅子から下りてくると、佳人の前に立ち、ローブの紐に手をかける。

「遥さん」

ゆっくりと紐を解かれて前を開かれ、佳人は軽い眩暈《めまい》を感じて遥の名を呼んだ。

「ベッドに上がれ。脚を開いて弄ってもらいたいところを俺に見せろ」

言葉にされただけでも羞恥で逃げ出したくなったが、体の熱を鎮めてもらうには言いつけられたとおりにするしかない。

佳人はベッドに仰向けになると、両膝を立て、それから目を閉じてゆっくりと太股を開いていった。


全裸になって佳人に覆い被さってきた遥自身も、すでに分身を張り詰めさせている。

遥が部屋の明かりを消してくれたので、遮光カーテンで閉ざされた空間は真夜中のように暗かった。たぶん、外はまだ日が沈みきっていないはずで、こんな時間から淫らな行為に耽《ふけ》る気恥ずかしさから解放されたかったのは、佳人だけではないようだ。

遥の濡れた指が佳人の色づいた襞《ひだ》を撫でる。まるで欲しがっているように入り口を喘がせたら、はしたないやつめと叱りつつ、指を奥までくぐらせてきた。優しい侵入に、佳人はあえかな声をたてて長い吐息を洩《も》らす。

「気持ちいいか。まだ指一本だぞ」

遥にからかわれたが、もう感じていない振りをする余裕はなかった。酔いが体を麻痺させて、ついでに気恥ずかしさまで緩めてくれる。

長くて綺麗な遥の指を思い出し、今それが自分のいやらしい部分を掻き回しているのだと考えると、それだけで昂《たかぶ》ってくる。

「あっ、あっ、あ、あ」

激しく指を動かされて、次から次に喘いでしまう。

遥は指にたっぷりとローションを施していた。一度ギリギリまで退いた指が二本になって戻ってくるときも、そのまた次に三本になったときも、シーツが濡れてしまうほどだった。おまけにそのローションには潤滑以外の目的もあるようで、だんだん佳人は奥に燃えるような熱さを覚えてきて狼狽《ろうばい》した。

「あぁ……これ、遥さん……熱い」

なぜこんなものを持っているのだろう。

佳人はわけがわからず、意地悪な遥に縋《すが》りつく。

「中がひくついて絡んでくる」

「やめて」

「もっと声を出せ」

前はよく怪しげな薬を使って責められていた。もちろん香西の許に囲われていたときだ。香西は茶道や骨董品集めなどの高尚な趣味を嗜《たしな》む反面、色事にも長《た》けていた。東西のさまざまな責め具を集めていて、それで子分たちに佳人を責めさせたりもした。子分たちには決して自分の持ち物で佳人を貫くことは許さなかったのだが、道具で責めさせているところを自分が眺めて楽しむのは好きだったのだ。酒を飲みながらうっとりと高みの見物をし、兆《きざ》してきたら子分どもを退かせて自分の凶器で犯すのだ。子分としては欲求不満が募るばかりだっただろう。おかげで佳人は思う存分子分らに嬲《なぶ》られた。香西の前でしか佳人を裸にできないため、ここぞとばかりに張り切るのだ。乳首に薬を塗られて泣き喘いでしまうほど執拗《しつよう》に弄り回され続けていた時期もある。佳人の全身が敏感なのはそんなことを十年もされ続けてきたからだ。

「おまえ、普段はどうしている」

遥が熱い蜜壺のようになっている中を指で掻き混ぜながら、さらりとした口調で聞いてきた。ぐちゅり、と淫靡《いんび》な音を立てる足の間を自覚するだけでも頰が火照《ほて》るのに、そんなふうに追及されると佳人はもっと困ってしまう。

「こんなに感じやすいのなら毎晩手で慰めるのか」

佳人は遥がそれを聞くのは酷いと思った。

気が向いたときに突然抱き、あとは知らん顔をして放り出しているのは遥のほうだ。

「答えません」

遥はフン、と面白そうに鼻を鳴らした。

指を付け根までぐうっと押し込み、佳人の弱い部分を正確に責める。

「あーっ、あああっ、あ」

佳人の瞳から涙が転がり落ちた。

「おまえが悪いんだ」

「いやっ、いや、あぁあ」

遥は乱暴に指を引き抜くと、そのまま大きく開かせた足の間に腰を割り込ませ、佳人の尻を抱え上げる。佳人は自分でも淫らに開いたままの入り口を自覚していた。濡れそぼって、三本の指が抜かれたばかりでまだ慎ましく閉ざすことができないでいる。

そこを遥の硬くて大きなものでいっきに貫かれた。

佳人は顎を仰け反らせて激しい嬌声《きょうせい》を上げた。

脳天を貫くような快感がスパークする。声を抑えることなど無理な相談で、抜き差しのたびに頭を振り乱して身悶《みもだ》えた。

筒の中の燃えるような感じは少しも収まらない。

佳人は泣きじゃくりながら、もっと、突いて、と遥に縋っていた。

「奥にかけてと言え。俺が好きだと言ってみろ。そしたらおまえが気絶するくらいよくしてやる。いつでもこうして抱いてやる」

遥は傲慢《ごうまん》だ。

自分ではなに一つ佳人に言わないで、佳人にだけそんなことを求める。

佳人は悔しさが先に立って、絶対に好きなどと言わない、と強情を張った。

ただ、奥の火照りだけはどうしようもなく、鎮めるには遥の精をかけてもらうしかなさそうだったので、屈辱に喘ぎながらかけてくださいとだけ頼んだ。

遥も佳人の気の強さには慣れている。

舌打ちして忌々しそうに、強情っぱりめ、と呟いたが、結局折れた。

頑丈な腰を佳人の尻に勢いよく打ちつけだす。

「ああ、あっ、あっあ、あ」

もう佳人は頭の中が真っ白で、遥の与えてくれる法悦《ほうえつ》を感じているだけで精一杯になる。

遥に全身で好きだと言われている気がする。

俺のものだから誰にも渡さない、覚悟しておけ、そう思い知らされているようだったのだ。

佳人は軽く失神していたようだった。

体を起こそうとすると、頭がクラクラする。酔っているせいもあるだろうが、あのすごいセックスの余韻がまだ頭の芯を痺れさせているためというほうが大きいだろう。

まだ体の奥には悦楽の残り火がちりちりと燃えている。

胸の突起も凝って尖ったままで、自分の指を掠めただけでも声を上げてしまいそうになる。全身の神経が剝《む》き出しになっているように敏感になっていた。

「まだ寝ていろ」

遥が起き上がりかけた佳人の肩をシーツに戻す。

部屋の明かりがごく微量に絞られている。

すぐ隣に横になっている遥は、とても満ち足りた顔つきをしていた。

遥は佳人の鼻頭を摘み上げると、黒く澄んだ瞳でじっと佳人を見つめてくる。瞳の色はとても穏やかで優しい。

「たまには正直に答えろ。よかったか？」

率直に聞かれ、少し躊躇いつつも頷いた。

「またしたいと思っているのか？」

「そ、んなこと……」

佳人は遥の胸に額を押しつけて顔を隠す。

なんて無粋なことを聞くのだろうと、困惑してしまう。それともこれも得意の意地悪だろうか。

佳人があまりにも淫乱で貪欲な体をしているから、わざわざ聞くのだろうか。

遥の腕が佳人の背中に回されてくる。

平手で肩や背筋を撫でられた。

それだけでも今の佳人にはぞくぞくと感じられてきて、小さく喘いでしまう。背筋もピクン、ピクン、と反応するから、遥にもわかるだろう。

遥の手が佳人のあちこちに触れてくる。

額や頬、顎、それから喉仏。

小さなキスを肩にいくつもされて、乳首にもそっと指を掠められる。

また奥が疼いてきた。

佳人は唇を噛んでなんとかやり過ごしたいと思っていたのだが、遥の指が尻の肉を左右に広げさせ、ぴったりと閉じ合わさっている襞にまでちょっかいを出したので、腰を揺らして艶めいた声を洩らしてしまった。

「まだ足りてないのか」

「やめてください」

「素直じゃないやつだな。また虐めるぞ」

言葉で嬲られただけでも感じてしまう。

いや、と首を振りながらも、本音は遥の長い指を奥に入れて欲しくてたまらない。

しかし遥はやすやすと佳人の思いどおりにはしてくれそうになかった。

「あまり何度もしたらおまえを壊してしまうな」

遥はいかにも親切な振りをしてそんなふうに言う。そのくせ襞を弄るのはやめない。もうすっかりそこは解れて、物欲しそうに喘いでいた。ときどき内側からとろとろと生ぬるい滴《したた》りが落ちてきて、佳人の内股を伝っていく。中をまだ掻き出していないのだ。佳人は恥ずかしさと不快感に眉根を寄せた。バスルームに行きたい。

「遥さん。お願いです、そんなにしないで……。あっ」

「すごいな。どんどん零れてくる」

「ああ、だめ、だめです。遥さんの手が。シーツも濡れてしまう」

「手なんか洗えばいい。ベッドは向こうにもう一台ある」

遥にはなにを言っても問題にされない。

佳人をさんざん恥ずかしい目に遭わせた挙げ句、遥はいつもの威張った口調で跨《またが》って騎乗位で自分を呑み込んでみせろ、と命令する。

佳人はすでに逆らう意思をなくしている。

騎乗位で挿入するのは辛かったが、それよりも遥を中に欲しいと思う気持ちが強かった。ぐっしょりと濡れて熟《う》れきっているとはいえ、佳人は徐々に腰を落として体の中に遥の立派なものを埋め込んでいく。狭い内壁を擦り上げられただけでもいってしまいそうだ。そんなことにならないように注意した。入れている途中で弾けさせてしまうなど、恥ずかしすぎる。

すべて収めて一息吐いたとき、不意に窓の外でパーンと何かが弾けたような音がした。

佳人は不安そうに遥を見る。

遥のほうは少しも慌てていなかった。

二つのベッドの真ん中にあるコントロールパネルを操作して、レースとドレープのカーテンを両方とも開け始めた。

それと同時に、ドーン、というもっと大きな音がしたかと思うと、続けざまにパンパンパンという火花が弾けるような盛大な音がした。

花火だった。

いつのまにか外は真っ暗になっており、大きな窓の外に、大輪の夏の華が開いている。

花火は次から次へと打ち上げられ始めた。

「遥さん、遥さん」

佳人は熱に浮かされたように遥の名を呼ぶと、中に遥を受け入れたまま遥の唇を求めて上半身

を折った。遥も少し枕から頭を起こしてきて、佳人の唇を受け止めた。

キスをしている間にも、花火の音は続いている。

分厚いガラス越しなのに、はっきりと聞こえていた。たぶん、この先の川の上で上がっているのだろう。

舌を絡ませ合ってくちづけしているうちに、佳人は泣きじゃくってしまっていた。

遥が佳人の頬をそっと撫でてくれる。

「わからないやつだ。どうして泣くんだ」

問われても、言葉にならない。

佳人は首を振りながら、ずっと泣いていた。

遥は今夜偶然ここに部屋を取ったわけではないのだ。以前から花火のことを知っていて、それで佳人に見せてくれる気になったのに違いない。でなければ、こんな高級ホテルのスイートが、こういう日に空いているはずがない。通常なら半年以上前から予約でいっぱいだったとしても不思議ではない。おそらく支配人にごり押しして無理やり予約したのだろう。ここは絶好の花火見物場所なのだ。

あの男のことも佳人をここに連れ込む理由にするのに格好の口実だったのかもしれない。

佳人には不器用な遥が愛しかった。

「もう泣くな」

遥が宥《なだ》めるように言い、腰を突き上げてきた。
甘美な快感が佳人の背筋を駆け抜ける。
佳人もまた遥に合わせて腰を揺すり始めていた。
夏の宵に咲く花は、不器用な二人に素直になる勇気を与えてくれているようだった。

あとがき

初めましての方も、いつもお読みくださっている方も、こんにちは。

このたび復刊の運びとなりました情熱シリーズの第一作目、「ひそやかな情熱」をお手に取りくださいまして、どうもありがとうございます。

この、シリーズ第一作を執筆したのは、二〇〇一年の春でした。今から十一年も前かと思うと感慨深いものがあります。一作目を書いたときには続きを書く予定はまったくありませんでした。ごく普通に単発の作品としてお目見えした遥さんと佳人が、その後少しずつ関係を深めていく様をいまだに書き続けていられる僥倖に、あらためて感謝いたします。BBN《ビーボーイノベルズ》にレーベルを移しての再スタートが切れましたのも、たくさん応援してくださった読者の皆さまのおかげです。本当にありがとうございます。

今でも覚えているのですが、情熱シリーズの最初の取っかかりは、アイデア（プロット）ノートに書き殴っておいた簡単な人物関係図でした。ヤクザの元愛人を傲岸不遜な実業家が身請けしてあんなことやこんなことをいっぱいする、的なノリの、どちらかといえばエロティック路線重視のハードラブを書こうと思ってプロットを立てたのだったと思います。ところが、実際に書き始めてみると、意外と遥さんが佳人に手を出してくれなくて、実際の濡れ場はそれほど多くない作品になってしまって、あれあれあれ？　と首を傾げた記憶が。

やくざなら拙著にあちこち顔出ししている東原さんを使い回そうというのも、人物相関図の段階ですでに決まっていました。ですが、東原と遥をちょっと怪しく描写する流れになったのは、東原さんが勝手に「遥に惚れてる」宣言なんかしてしまったからで、これには書いている私もびっくりでした。本作に限らず、キャラクターが勝手に動くということは、ままあります。

この先、新たなキャラクターも徐々に加わりまして、シリーズは進んでいきます。復刊を機に、ぜひ未読の方にも引き続きご覧いただけますと嬉しいです。

出し直しの各巻には書き下ろしのショート小説を収録していただきます。担当さんといろいろご相談していて、せっかくなので何か一つ共通テーマを入れられたらいいですね、ということになり、遥さんと佳人ならやっぱり一手間かけた料理かなと、かわきりの「六月のサバラン」のようになりました。短い作品ですが、初公開の情報もちらっと含まれておりますので、どうぞお見逃しなく（笑）。

シリーズ再始動にあたりまして、２０１２年小説b-Boy９月号誌上にも遥と佳人、東原たちを交えた短編を寄稿しております。初読の方には人物紹介とシリーズの大まかな流れに触れたものとして、既読の皆さまには「これまでのお話」的なノリのものとしてお楽しみいただけるよう、書かせていただきました。こちらもぜひ併せてよろしくお願いいたします。

そして、皆さまから一番お問い合わせをいただく新作についてですが、こちらは二〇一三年の早いうちに上梓する予定となっております。少し先の話になりますが、がんばって執筆いたしますので、お心にお留めおきいただけますと幸いです。

復刊には、円陣闇丸先生に描いていただきましたイラストを、そのまま使わせていただきました。再録をご快諾くださいまして、どうもありがとうございます。そして、今後とも、どうぞよろしくお願いいたします。再始動にあたりまして、また円陣先生と情熱シリーズのお仕事をご一緒でき、大変光栄に感じております。

この本の制作にご尽力くださいましたスタッフの皆さまにも心より御礼申し上げます。本当にたくさんの企画を考えていただき、ありがとうございます。今後とも何卒よろしくお願いいたします。

そして、読者の皆さま。本著を読まれた感想やお気づきの点など、何かありましたらぜひお聞かせくださいませ。皆さまのお声を聞かせていただくことが、次作執筆へのなによりの励みです。twitter やメール等、お気軽にお寄せいただければと思います。

それでは、次の本でまたお目にかかれますように。

遠野春日拝

◆初出一覧◆

ひそやかな情熱　／「ひそやかな情熱」（'01年5月株式会社ムービック）掲載
六月のサバラン　／書き下ろし
夏の華　／「ひそやかな情熱」（'01年5月株式会社ムービック）掲載

恋愛度100%のボーイズラブ小説雑誌!!
Libre
小説b-Boy
ビーボーイ
偶数月14日発売
A5サイズ
イラスト／明神 翼
イラスト／蓮川 愛
イラスト／剣 解
読み切り満載♥
多彩な作家陣の
豪華新作めじろおし!
人気シリーズ最新作も登場♥
コラボ、ノベルズ番外ショート、
特集までお楽しみ
盛りだくさんでお届け!!!
詳しい情報はWEBサイトでチェック☆
リブレ出版 WEB サイト http://www.libre-pub.co.jp
リブレ出版携帯書籍サイト
「b-boy ブックス」 http://bboybooks.net/
i-mode／EZweb／Yahoo! ケータイ 対応

ビーボーイノベルズをお買い上げいただきありがとうございます。この本を読んでのご意見・ご感想をお待ちしております。

〒162-0825 東京都新宿区神楽坂6-46
ローベル神楽坂ビル4階
リブレ出版㈱内 編集部

リブレ出版WEBサイトでアンケートを受け付けております。
サイトにアクセスし、TOPページの「アンケート」から該当アンケートを選択してください。
ご協力をお待ちしております。

リブレ出版WEBサイト http://www.libre-pub.co.jp

BBN B•BOY NOVELS

ひそやかな情熱

2012年8月20日 第1刷発行
2013年7月1日 第2刷発行

著　者――遠野春日
発行者――太田歳子
発行所――株式会社リブレ出版
〒162-0825 東京都新宿区神楽坂6-46ローベル神楽坂ビル
営業 電話03(3235)7405 FAX03(3235)0342
編集 電話03(3235)0317
印刷所――株式会社光邦

Printed in Japan
ISBN 978-4-7997-1171-2